KB045101

너는 물처럼 내게 밀려오라

너는 물처럼 내게 밀려오라

이 정 하 지음

문이당

잠겨 죽어도 좋으니
너는 물처럼 내게 밀려오라

시와 시로 못다한 이야기를 함께 엮으며

나는 다시 스무 살이 되고 싶다

후회스러운 일이 많다.

삶이 어떤 것인지 희미하게나마 가늠할 수 있는 나이가 되니 앞으로 해야 할 일보다는 잘못 걸어온 발걸음만 유독 눈에 띄었다. 진작 눈치를 챘더라면 이처럼 비틀비틀 걸어오진 않았을 텐데.

끝이 없는 우주가 내게는 단 한 사람으로 좁혀졌던 기적 같은 일도 있었다. 누군가를 사랑했던 일. 내가 다시 스무 살로 돌아간다면 그 사람과 하루를 함께 살아가는, 진정으로 바라고 바랐던 기적 또한 연출할 수 있을까?

장담하긴 어렵지만, 적어도 좀 더 적극적으로 사랑해 볼 순 있었을 것이다. 때로 사랑엔 만용 같은 객기도 필요한 것임을. 그 사람이 아무리 고개를 내저었더라도 사랑한다면 손을 잡아끌고서 야반도주라도 감행했어야 옳지 않았을까.

이번 책에는, 그동안 독자들이 사랑해왔던 시들과 새로 쓴 시 여러 편, 그리고 왜 이 시를 써야 했는지에 대한 나의 변辯을 묶어 함께 엮었다. 시로 다할 수 없는 이야기, 시 속에 감춰진 나의 고백 같은 것을 덧붙였는데, 그 일을 하는 동안 나는 내내 자책과 부끄러움으로 얼굴을 붉혀야 했다.

그때는 왜 그리 바보스러웠는지, 할 수만 있다면 정말이지 나는 다시 그때로 돌아가 새로 시작하고 싶다.

이미 흘러가 버린 물로 물레방아를 돌릴 수는 없다. 용기 없이 주저하다 놓치고 말아 놓고, 그건 다 그 사람을 위해서였어, 라고 둘러대는 나의 얄팍한 변명을 독자들이여 지적해 주시길. 노력하는 데는 소홀했으면서 좋은 결과만을 바랐던 나의 나태함과 뻔뻔함을 욕해 주시길.

그래서 훗날, 다시 그때로 돌아가고 싶다는 헛된 망상으로 후회하는 일이 없기를 간절히 바라며…….

2016년 1월

이정하

차례

1장 기대어 울 수 있는 한 가슴

시를 읽는 행복 16 / 그를 만났습니다 20 / 길 위에서 24
고슴도치 사랑 29 / 낮은 곳으로 33 / 살아 있다는 것 37
우물 41 / 바람 속을 걷는 법 45 / 한 사람을 사랑했네·1 49
살다 보면 55 / 누군가를 사랑한다는 것은 59 / 하루 63
가끔은 비 오는 간이역에서 은사시나무가 되고 싶었다 66
내가 빠져 죽고 싶은 강, 사랑, 그대 70 / 기대어 울 수 있는 한 가슴 75
비 오는 간이역에서 밤 열차를 탔다·1 78 / 미리 아파했으므로 82
헤어짐을 준비하며 87 / 아껴가며 사랑하기 91
험난함이 내 삶의 거름이 되어 95 / 없을까 101

2장 그대라는 이정표

눈이 멀었다 109 / 밤새 113 / 몽산포夢山浦 일기 117
사랑의 우화 123 / 형벌 127 / 슬픔의 무게 131
눈 오는 날 135 / 비 오는 간이역에서 밤 열차를 탔다·3 139
험로險路 143 / 너의 모습 147 / 저만치 와 있는 이별·1 150
민들레 155 / 귀로歸路 158 / 너를 보내고 162
한 사람을 사랑했네·4 166 / 자국 169 / 판화 172
기다리는 이유 174 / 사랑한단 말은 못해도 179
촛불 182 / 마음 열쇠 186

3장 조용히 손을 내밀었을 때

별·1 195 / 별·2 198 / 사랑한다 해도 201
남지南池를 생각하며 205 / 밝을 향하여 209
욕심 213 / 허수아비 217 / 저만치 와 있는 이별·5 220
목련 223 / 꽃잎의 사랑 226 / 나무와 잎새 229
그대 굳이 사랑하지 않아도 좋다 232 / 이 아침 236
비 오는 간이역에서 밤 열차를 탔다·4 240
네가 좋아하는 영화의 주인공이 되고 싶었다 245
그립다는 것은 248 / 창가에서 253 / 섬 257
조용히 손을 내밀었을 때 261 / 유성 265 / 다짐 268

1장
기대어 울 수 있는 한 가슴

ONE WAY
ONE WAY

울지 마라 그대여
네 눈물 몇 방울에도 나는 빠져 죽는다

세상에 나 있는 수없이 많은 길 중에서
어느 한 길도 너를 향하지 않은 길은 없어

시를 읽는 행복

어디 있을까, 내 애인
애인은 활자 뒤에 몰래 숨어 있다가
페이지를 넘길 때마다
톡톡 튀어나오곤 했다.

시를 읽으며 정류장에 갔고
시를 읽으며 버스를 탔으며
시를 읽으며 목적지에 내렸다.

시를 읽으며 그를 만났고
시를 읽으며 사랑을 나누었으며
시를 읽으며 이별을 했다.

하늘과 바람과 구름과 별,
한 생애 건너오는 동안
꽃 피고 새 울고 바람 불고 비 내리는
수없이 많은 날들 있었지만
따스했다, 시를 읽는 동안은.
휘청거리고 삐걱거리는 그 순간에도
행복할 수 있었다, 네가
내 가슴에 있는 한은.

노래방에서 목이 터져라 노래를 불러도, 술을 마시고, 친구들과 한없는 수다를 떨어도 가슴 한구석 허전함을 느끼는 사람. 시를 읽으면 우선 마음이 고요해진다. 그런 후 주변을 돌아보게 된다. 세상을 향할 수도 있지만 자기 자신을 향할 수도 있는.

삶에 새로운 의미를 부여한다는 등의 거창한 말은 필요 없을 듯싶다. 시를 읽으면 다른 무엇보다 마음이 촉촉해져 오는 것을 느낄 수 있을 것이다. 그 하나면 충분하지 않을까?

메말랐던 마음에 풀꽃 하나가 촉촉이 피어나는 그 행복감 하나면…….

그를 만났습니다

그를 만났습니다.
길을 가다 우연히 마주치더라도
반갑게 차 한잔 할 수 있는
그를 만났습니다.
방금 만나고 돌아오더라도
며칠을 못 본 것같이 허전한
그를 만났습니다.
내가 아프고 괴로울 때면
가만히 다가와 내 어깨를 도닥여 주는
그를 만났습니다.
바람이 불고 낙엽이 떨어지는 날이면
문득 전화를 걸고 싶어지는
그를 만났습니다.

어디 먼 곳에 가더라도
한 통의 엽서를 보내고 싶어지는
그를 만났습니다.
이 땅 위에 함께 숨 쉬고 있다는
이유만으로도 마냥 행복한
그를 만났습니다.

우리는 누구나 소중한 사람을 필요로 한다.
그리고 또한 우리들 스스로도 그 누군가에게
소중한 사람이 되길 원한다.

만약 당신이, 어떤 한 사람 때문에 다른 사람의 존재 따위가 신경 쓰이지 않는다면 당신은 이미 그 사람을 사랑하고 있다. 어떤 한 사람 때문에 자꾸 자신이 변하게 된다면 당신은 이미 그 사람을 지극히 사랑하고 있다.

어느 날, 내 삶이 새로 시작되었지만 거기에 나는 없었다.

당신만 있고 나는 없었다. 오로지 당신을 통해서만 내가 있다는 게 확인될 뿐이었다. 내가 미처 선택할 틈도 없이 내 삶은 그렇게 바뀌었다.

삶의 한가운데서 누군가를 운명적으로 만나 사랑한다는 것. 그것은 누가 뭐라 해도 가슴 벅찬 일임에는 틀림없다.

길 위에서

길 위에 서면 나는 서러웠다.
갈 수도, 안 갈 수도 없는 길이었으므로.
돌아가자니 너무 많이 걸어왔고,
계속 가자니 끝이 보이지 않아
너무 막막했다.

허무와 슬픔이라는 장애물,
나는 그것들과 싸우며 길을 간다.
그대라는 이정표,
나는 더듬거리며 길을 간다.
그대여, 너는 왜 저만치 멀리 서 있는가.
왜 손 한 번 따스하게 잡아주지 않는가.
길을 간다는 것은,
확신도 없이 혼자서 길을 간다는 것은
늘 쓸쓸하고도 눈물겨운 일이었다.

ONE WAY
ONE WAY

아주 잠깐, 너에게서 벗어났다고 여긴 적이 있었어.

하지만 그건 나의 착각이었어. 그걸 깨닫는 데까지는 그리 오래 걸리지 않았지. 너에게서 벗어나다니, 감히 말하지만 그건 내가 죽어서나 가능한 일이야.

'너에게로 가지 않으려고 미친 듯 걸었던 그 무수한 길도 실은 네게로 향한 길이었다'라는 시가 있어. 나희덕 시인의 「푸른 밤」에 나오는 구절이야. 그래 맞아. 세상에 나 있는 수없이 많은 길 중에서 어느 한 길도 너를 향하지 않은 길은 없어.

흐르기를 멈추었을 때 강물은 더 이상 강물이 아니야.

강물은 끊임없이 흘러 어김없이 바다로 향해. 안 그러면 강물이 아니지. 그 강물처럼 내 한 몸 던지기 위해, 그 마음으로 나는 너에게 가.

country
style
Quality

고슴도치 사랑

추운 겨울날,

고슴도치 두 마리가 서로 사랑했네.

추위에 떠는 상대를 보다 못해

자신의 온기만이라도 전해 주려던 그들은

가까이 다가가면 갈수록 상처만 생긴다는 것을 알았네.

안고 싶어도 안지 못했던 그들은

멀지도 않고 자신들의 몸에 난 가시에 다치지도 않을

적당한 거리에 함께 서 있었네.

비록 자신의 온기를 다 줄 수 없었어도

그들은 서로 행복했네.

행복할 수 있었네.

흔히들 이렇게 말하지. 서로 가슴을 주어라.

그러나 소유하려고 하지 마라. 소유하려고 하는 그 마음 때문에 고통이 생기는 것이라고. 그러나 어찌 그래. 사랑하면 안고 싶고, 사랑하면 가지고 싶은걸. 감히 나 같은 사람은 범접할 수 없는 경지.

사랑한다는 것은 어쩌면 두 사람이 서로 일정한 거리를 유지하는 데 동의하는 일이야. 내가 가져야 할 것과 내가 가져선 안 되는 것 사이의 간격을 서로 인정하고 받아들이는 일. 그래서 사랑은 안타까운 일인지도 모르겠어. 가져선 안 된다는 것을 알면서 자꾸만 그쪽으로 마음이 기웃거려지는.

꼭 그 간격만큼 슬픈…….

낮은 곳으로

낮은 곳에 있고 싶었다.
낮은 곳이라면 지상의
그 어디라도 좋다.
찰랑찰랑 고여들 네 사랑을
온몸으로 받아들일 수만 있다면.
한 방울도 헛되이
새어 나가지 않게 할 수 있다면.

그래, 내가
낮은 곳에 있겠다는 건
너를 위해 나를
온전히 비우겠다는 뜻이다.
나의 존재마저 너에게
흠뻑 주고 싶다는 뜻이다.
잠겨 죽어도 좋으니
너는
물처럼 내게 밀려오라.

그래요, 사랑은 무작정 받아들이는 것이지요.

내게 좋은 것만 받아들이는 것이 아니라 내게 해가 되는 것이라도 얼마든지 받아들일 수 있게 나의 자세를 낮추는 것이지요. 그러자면 내 마음 또한 최대한 넓혀야겠지요.

강의 하류나 바다를 생각해 보세요. 그것들은 낮고 넓기에 그 위에서 흘러오는 것들을 온전히 다 받아들일 수 있지 않습니까. 그를 위해 나를 항상 비워 둔다는 것, 그것은 결국 그를 온전히 받아들여 하나가 된다는 뜻이에요.

살아 있다는 것

바람 불어 흔들리는 게 아니라
들꽃은 저 혼자 흔들린다.
누구 하나 눈여겨보는 사람 없지만
제자리를 지키려 안간힘을 쓰다 보니
다리가 후들거려서 떨리는 게다.

그래도…… 들꽃은 행복했다.
왠지 모르게 행복했다.

흔들린다는 것은 내가 살아 있기 때문이야.

살아 있기 때문에 아프고, 살아 있기 때문에 외로운 거야.

그 말대로라면 흔들리고 아프고 외로운 것은 살아 있음의 특권이라고 할 수 있어. 지금 내가 괴로워하는 이 시간은 어제 세상을 떠난 사람에겐 무지하게 갈망했던 시간인 걸. 지금 당신이 흔들리고 아프고 외롭다면 살아 있구나, 느끼라.

그 느낌에 감사하라.

우물

깊고 오래된 우물일수록
컴컴하고 어둡다.
그 우물 속에서,
어둠만 길어질 것 같던 거기서
맑고 깨끗한 물이 가득 올려질 줄이야.

이토록 맑은 물을 간직할 수 있었던 것은
끊임없이 뒤채고 있었다는 것이다.
남들이 보지 않아도 속으로
열심히 물을 갈아엎고 있었다는 것이다.

가만히 고여 있는 것 같아도 사실
우물은 한시도 가만히 있지 않는다.
어쩌다 한 번뿐일지라도 우물은
늘 두레박을 맞이할 준비가
되어 있는 것이다.

저 광활한 우주 한편에는 오늘도 별이 반짝이고 있어.

누가 불러 주지 않아도, 누가 보아 주지 않아도 그 별은 쉼 없이 자기 할 일을 다 하고 있어. 그리하여 적막한 밤하늘은 그 별들 하나하나로 아름답게 수놓아질 수 있지. 아무도 보아 주지 않아도 여전히 빛을 발하는 별처럼, 우리 사는 세상에도 자기의 할 일을 묵묵히 해 나가는 사람이 있어. 그들이 있기에 우리는 아무 불편함 없이 세상을 살아갈 수 있지.

부지런함도 습관이고 나태함도 습관이야.

오늘 할 일을 내일이나 모레로 미룬다면 그것은 나태함을 넘어 '삶의 직무 유기'인 셈이지. 나태함이 덕지덕지 붙어 있는 나부터 당장 책장 속에 처박혀 있는 멜빌의 소설『모비 딕』을 꺼내 읽어야겠어.

"배에 오르면 난 결코 시중 받는 손님이나 선장은 되지 않을 것이다. 오직 수고하는 선원으로 남을 것이다."

끝없이 펼쳐진 바다를 바라보며 이슈마엘이란 청년이 독백처럼 내뱉는 구절을 다시 한 번 새겨 봐야겠으므로.

인생이란 망망한 바다.

운명이란 거센 파도는 오로지 선원의 피땀 어린 수고가 있어야 헤쳐 나갈 수 있어. 구경만 하고 있어서야 어디 배가 앞으로 나아갈 수 있겠어?

남들은 다 달려가는데 나 혼자만 제자리에 서 있다면 그것은 '현상 유지'가 아니라 '퇴보'나 마찬가지야. 살아간다는 건 어떤 의미에서 현실에 도전해 나간다는 뜻이기도 하니까. 어떤 일이든 땀 흘리며 최선을 다하는 것, 그것이 우리의 삶의 자세가 되면 좋겠어. 어쩌다 맞는 인생의 두레박, 그 기회의 두레박에 썩은 물만 잔뜩 길어 올릴 수는 없으니까.

바람 속을 걷는 법

1

바람이 불었다.

나는 비틀거렸고
함께 걸어 주는 이가
그리웠다.

2

바람 불지 않으면 세상살이가 아니다.
그래, 산다는 것은
바람이 잠자기를 기다리는 것이 아니라
그 부는 바람에 몸을 맡기는 것이다.
바람이 약해지는 것을 기다리는 게 아니라
그 바람 속을 헤쳐 가는 것이다.

두 눈 똑바로 뜨고 지켜볼 것,
바람이 드셀수록 왜 연은 높이 나는지.

고통을 정직하게 받아들이자.

피해 봤자 그것은 내 인생의 어느 모퉁이에선가 복병처럼 숨어 있다가 느닷없이 나타나 다리를 걸고넘어져. 그럴 양이면 내 몫의 고통을 정면으로 받아들이자. 상처 입는 것을 두려워하지 말고 맞붙어 보자. 이기든 지든. 내가 떨지 않고 당당하게 나설 때 상대방은 움츠러드는 법이야.

가끔은 숨 쉬고 살아간다는 것이 고달프게 느껴져.

마음에 들지 않는 글을 썼을 때 쓰레기통에 처넣는 파지처럼 내 삶도 그렇게 구겨 던져 버리고 싶을 때가 있거든. 하지만 나는 용기를 내지 않을 수가 없어.

원고지는 새로 준비하면 되지만
내 삶은 하나밖에 없는,
다시 준비할 수 없는 것이잖아.

한 사람을 사랑했네 · 1

삶의 길을 걸어가면서
나는, 내 길보다
자꾸만 다른 길을 기웃거리고 있었네.

함께한 시간은 얼마 되지 않았지만
그로 인한 슬픔과 그리움은
내 인생 전체를 삼키고도 남게 했던 사람,
만났던 날보다 더 사랑했고
사랑했던 날보다
더 많은 날들을 그리워했던 사람,
뜬눈으로 밤을 지새우다
함께 죽어도 좋다 생각한 사람.
세상의 환희와 종말을 동시에 예감케 했던
한 사람을 사랑했네.

부르면 슬픔으로 다가올 이름,
내게 가장 큰 희망이었다가
가장 큰 아픔으로 저무는 사람.
가까이 다가설 수 없었기에 붙잡지도 못했고
붙잡지 못했기에 보낼 수도 없던 사람.
이미 끝났다 생각하면서도
길을 가다 우연히라도 마주치고 싶던 사람.
바람이 불고 낙엽이 떨어지는 날이면
문득 전화를 걸고 싶어지는
한 사람을 사랑했네.

떠난 이후에도 차마 지울 수 없는 이름.
다 지웠다 하면서도 선명하게 떠오르는 눈빛,
내 죽기 전에는 결코 잊지 못할
한 사람을 사랑했네.
그 흔한 약속도 없이 헤어졌지만
아직도 내 안에 남아
뜨거운 노래로 불려지고 있는 사람.
이 땅 위에 함께 숨 쉬고 있다는 이유만으로도
마냥 행복한 사람이여,
나는 당신을 사랑했네.
세상에 태어나 단 한 사람
당신을 사랑했네.

이 땅 위, 당신과 같은 사람은 하나도 없다.

그래서 내가 나눌 사랑도 단 하나. 당신이 아니고선 그 어떤 사람도 내겐 사랑일 수 없으니. 나는 사랑하겠다, 이 세상 수많은 사람 중 바로 당신을.

갑자기 눈시울이 뜨거워지는 때가 있다. 길을 가다가, 혹은 텔레비전을 보다가도 갑자기 눈시울이 붉어지는 때가 있는 것이다. 따지고 보면 별일도 아닌 것이었는데 왜 울컥 목이 메어 오는 것인지…….

늘 내 눈물의 근원지였던 당신이여, 당신이 내게 없음이 이리도 서러운 줄 나는 미처 몰랐다. 덜어 내려고 애를 써도 덜어 낼 수 없는 내 슬픔은 도대체 언제까지 부여안고 가야 하는 것인지. 이젠 되었겠지 했는데도 시시각각 더운 눈물로 다가오는 걸 보니 내가 당신을 사랑하긴 했었나 보다.

뜨겁게 사랑하긴 했었나 보다.

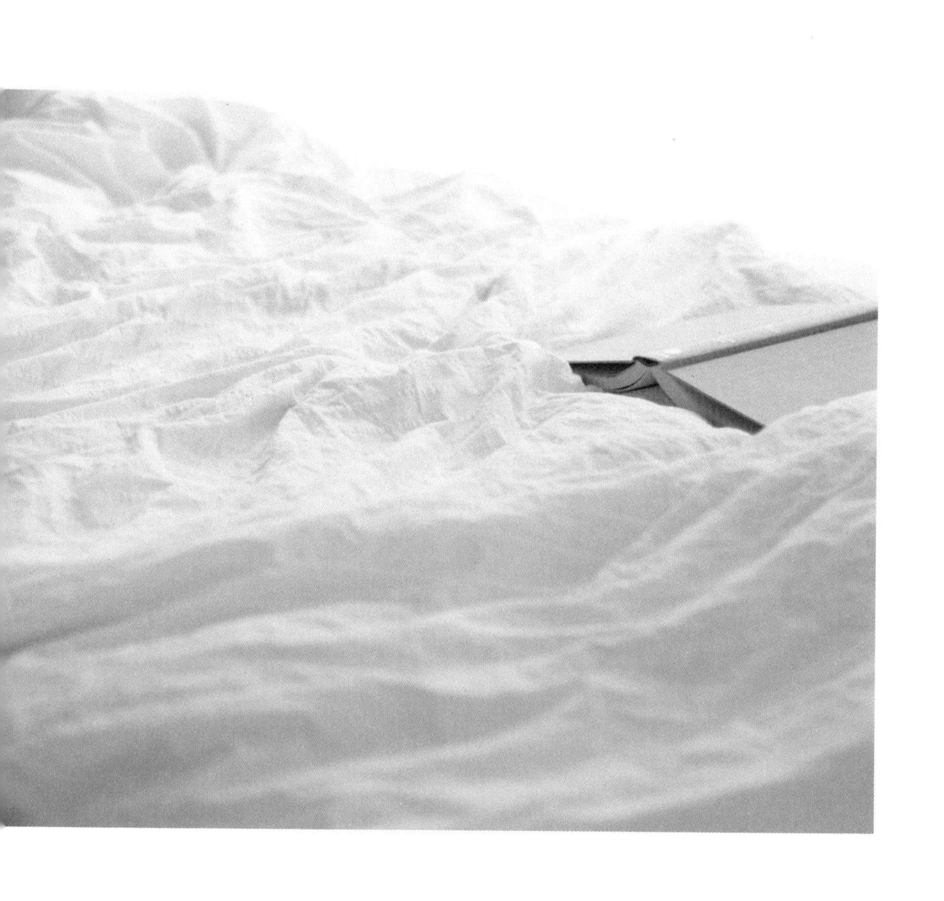

살다 보면

살다 보면
떠나보내지 말아야 할 것을
떠나보낼 때가 있다.

사랑하면서도
사랑하지 않는 것처럼
말해야 할 때가 있다.

허기져 죽는데도
입에 물 한 방울
들어가지 않는 때가 있다.

살다 보면,
살다 보면,
살아 있는데도
죽어 있는 때가 있다.

산다는 것과 사랑한다는 것. 둘은 가장 가까우면서도 먼 사이이다. 가끔 우리는 산다는 것 때문에 사랑하는 것을 포기해야 할 때가 있다. 그대를 내 삶의 전부처럼 여기다가도 결국은 현실을 인정하고 고개를 떨구는 경우가 적지 않은 것이다.

경험해 본 사람들은 알리라. 내 앞에 주어진 삶의 무게로 인해 그대를 외면해야 하는, 그 죽기보다 싫은 선택을. 하지만 어쩌겠는가. 쭉정이 같은 삶이라도 부여안고 가야 하는 것을.

아주 가끔 사랑 때문에 삶을 포기하는 경우도 없지 않지만, 그럴 땐 누구나 동정을 보내기보다 혀를 찬다. 그래서 살아가는 것보다 누군가를 사랑하는 것이 더 힘든 모양이다. 내게는 둘 다 버거운 일이지만.

누군가를 사랑한다는 것은

새를 사랑한다는 말은

새장을 마련해
그 새를 붙들어 놓겠다는 뜻이 아니다.

하늘 높이
훨훨 날려 보내겠다는 뜻이다.

진정한 사랑은 잃게 되는 법이 없어.

애초부터 상대의 보답을 바라지 않았기에 잃어버릴 것이 없기 때문이지. 그러나 흥정을 바라는 사랑은 그렇지 않아. 내가 이만큼 주었으므로 이만큼 받아야 한다고 생각하는 까닭에 기대한 만큼의 보답을 못 받게 되면 사랑을 잃어버렸다고 한탄하게 돼.

사랑을 잃어버렸다고 하는 것은 사실 사랑을 잃은 것이 아니라 자신의 집착이 무너진 것은 아닐까. 새를 사랑한다는 것은 그 새가 하늘을 향해 훨훨 날아갈 수 있도록 도와준다는 것이지 자신의 새장 안에 가둬 놓는다는 말은 아니니까. 사랑한다는 것. 그것은 어쩌면 그를 보내는 데 기꺼이 동의하는 일인지도 몰라.

내 안의 하늘에서만 날게 한다면 그는 숨 막혀 죽을지도 모르기에. 그를 더 넓은 세상으로 내보내 자유롭고도 마음껏 역량을 발휘할 수 있게 해 주는 것. 그것이 사랑하는 사람을 대하는 기본적인 자세가 아닐까?

하루

그대 만나고픈 마음 간절했던
오늘 하루가 또 지났습니다.
내일도 여전하겠지만
난 정말이지 소망하지 않을 수 없었습니다.
이 하루가 지나면
당신과 만날 날이 그만큼 더 가까워지는 것이기를.
이 하루만큼 당신께 다가가는 것이기를.

그대 만나고픈 마음 간절했던
오늘 하루가 또 지났습니다.

나는 너를 잊은 게 아냐. 너를 기억하지 않으려 애쓸 뿐이야. 기억하지 않으려 애쓴다는 것은 너를 잊지 못했다는 증거이겠지. 날이 갈수록 더욱 보고 싶단다. 지금껏 보고 싶었던 것보다 오늘 하루 네가 더 간절히 보고 싶어.

벌써 저녁.

해가 저물고 긴 그림자가 드리우면 내 마음도 그만큼 쓸쓸하게 늘어지고 말아. 오늘 하루 무슨 일을 했는지는 잘 모르겠지만 순간순간 너를 떠올렸던 것만큼은 부인할 수가 없어. 이 시간이 되면 나는 늘 간절한 마음이 되곤 해.

새삼 밀레의 그림 「만종」이 떠올라. 서쪽 하늘을 은은히 물들이는 노을과 들판, 멀리서 들려오는 종소리에 일손을 멈추고 기도하는 부부의 모습이 그렇게 경건하고 숙연할 수가 없었지. 감사와 평화를 느낄 수 있는, 바로 그런 감동이 있기에 「만종」은 위대한 작품이라 할 수 있지.

하루 중에서 가장 경건할 수 있는 이 시간, 나도 조용히 두 손을 모아 본다. 이 지나가는 하루가 너와의 만남을 꼭 그만큼 당겨주는 것이기를, 너와 만날 날이 꼭 그만큼 가까워지는 것이기를…….

가끔은 비 오는 간이역에서 은사시나무가 되고 싶었다

햇볕은 싫습니다,
그대가 오는 길목을 오래 바라볼 수 없으므로.
비에 젖으며 난 가끔은
비 오는 간이역에서 은사시나무가 되고 싶었습니다.
비에 젖을수록 오히려 생기 넘치는 은사시나무,
그 은사시나무의 푸르름으로 그대의 가슴에
한 점 나뭇잎으로 찍혀 있고 싶었습니다.
어서 오세요, 그대.
비 오는 날이라도 상관없어요.
아무런 연락 없이 갑자기 오실 땐
햇볕 좋은 날보다 비 오는 날이 제격이지요.
그대의 젖은 어깨, 그대의 지친 마음을
기대게 해 주는 은사시나무. 비 오는 간이역,

그리고 젖은 기적 소리.
스쳐 지나가는 급행열차는 싫습니다.
누가 누군지 분간할 수 없을 정도로 빨리 지나가 버려
차창 너머 그대와 닮은 사람 하나
찾을 수 없는 까닭입니다.
비에 젖으며 난 가끔은 비 오는 간이역에서
그대처럼 더디게 오는 완행열차,
그 열차를 기다리는 은사시나무가 되고 싶었습니다.

나에게 기다리는 이유를 제발 묻지 마시길.

언제 올지도 모를, 어쩌면 오지 않을 수도 있는 너를 기다리는 것은 무슨 특별한 이유가 있어서가 아니야. 우리 사는 데 특별한 이유가 없듯 그저 나는 너를 기다리지 않으면 안 될 것 같아서야.

너를 기다리는 것만으로도 내 마음은 이렇게 설레는걸.

산다는 것, 그건 바로 기다림의 연속이라고 생각해. 해가 뜨길 기다리고, 해가 지길 기다리고, 그 세월의 흐름 속에 무언가를, 그리고 또 누군가를 기다리는. 그리하여 끝내는 죽음마저 기다리는.

따지고 보면 기다리는 그 순간이 모여 우리 삶이 되질 않았던가. 그중에서도 내 가장 소중한 기다림, 그대여, 내 인생의 역에 거짓말처럼 들어와 서고, 그대가 손을 흔들며 플랫폼으로 내려설 그 눈부신 순간을 기다리네. 기다리고 또 기다리네.

내가 빠져 죽고 싶은 강, 사랑, 그대

저녁 강가에 나가
강물을 바라보며 앉아 있었습니다.
때마침 강의 수면에
노을과 함께 산이 어려 있어서
그 아름다운 곳에
빠져 죽고 싶은 생각이 절로 들었습니다.

빼어나게 아름답다는 것은
가끔 사람을 어지럽게 하는 모양이지요.
내게 있어 그대도 그러합니다.
내가 빠져 죽고 싶은
이 세상의 단 한 사람인 그대.

그대 생각을 하며
나는 늦도록 강가에 나가 있었습니다.
그 순간에도 강물은 쉬임 없이 흐르고 있었고,
흘러가는 것은 강물만이 아니라
세월도, 청춘도, 사랑도, 심지어는
나의 존재마저도 알지 못할 곳으로 흘러서
나는 이제 돌아갈 길 아득히 멀고…….

저녁을 사랑하겠다.

해 질 녘 강가에 드리우는 노을을 사랑하겠다. 노을 속에 물결이 아름답게 일렁이는 것을 사랑하겠다. 가장 그리워하는 사람, 아니면 내가 가장 그리워했던 것들이 속절없이 저 노을의 세계로 흘러 들어가는 강가를 사랑하겠다.

나는 그렇게 저녁마다 수없이 그대를 떠나보내는 연습을 했다. 내 속에 있는 그대를 지우는, 혹은 그대 속에 있는 나를 지우는. 그 안타까운 슬픔을 사랑하겠다.

기대어 울 수 있는 한 가슴

비를 맞으며 걷는 사람에겐 우산보다
함께 걸어 줄 누군가가 필요한 것임을.
울고 있는 사람에겐 손수건 한 장보다
기대어 울 수 있는 한 가슴이
더욱 필요한 것임을.

그대를 만나고서부터
깨달을 수 있었습니다.

그대여, 지금 어디 있는가.
보고 싶다 보고 싶다
말도 못할 만큼
그대가 그립습니다.

혼자서 비를 맞는 것은 우울한 일이지만 당신과 함께라면 나는 행복할 수 있습니다. 혼자서 저 먼 길을 돌아오라면 까마득한 일이지만 당신과 함께라면 아무리 먼 길도 짧을 겁니다.

세찬 바람이 몰아쳐 눈을 뜰 수 없다 해도 당신과 함께라면 나는 헤쳐 갈 수 있음을. 아무리 사소한 일이라도 나 혼자선 힘이 빠지지만 당신과 함께라면 두 주먹에 힘이 불끈 솟는다는 것을. 혼자일 때 나는 아무것도 아닌 존재지만 당신과 함께라면 나는 모든 것을 할 수 있을 것 같습니다. 그래서 더욱 당신이 그립습니다.

비 오는 간이역에서 밤 열차를 탔다 · 1

기차는 오지 않았고
나는 대합실에서 서성거렸다.
여전히 비는 내리고 있었고
비옷을 입은 역수驛手만이 고단한 하루를 짊어지고
플랫폼 희미한 가로등 아래 서 있었다.
조급할 것도 없었지만 나는 어서
그가 들고 있는 깃발이 오르기를 바랐다.
산다는 것은 때로 까닭 모를 슬픔을
부여안고 떠나가는 밤 열차 같은 것.
안 갈 수도, 중도에 내릴 수도,
다시는 돌아올 수도 없는 길.

쓸쓸했다.
내가 희망하는 것은 언제나 연착했고,
하나뿐인 차표를 환불할 수도 없었으므로.
기차가 들어오고 있었고
나는 버릇처럼 뒤를 돌아다보았지만
그와 닮은 사람 하나 찾아볼 수 없다.
끝내 배웅도 하지 않으려는가,
나직이 한숨을 몰아쉬며 나는
비 오는 간이역에서 밤 열차를 탔다.

언제나 그랬다.

세상의 모든 일은 내가 희망하는 반대편에 서 있었다.

내가 그리워할 때 너는 거기 없었다. 길은 어디로든 나 있었지만 막상 들어서고 보면 '통행금지'일 때가 많았다. 그때마다 삶이 내게 가르쳐 준 것은 조용히 침잠하라는 거였다. 외로우면 외로운 대로, 그리우면 그리운 대로, 절망스러우면 절망스러운 대로 그 속에 철저히 침잠해 있으라는 거였다. 그리하여 마침내 너 자신이 그리움이 되고 외로움이 되고 절망이 되라는 거였다.

당신은 그저 삶의 물결에 휩쓸려만 가고 있는가.

아니면 삶의 물결을 헤엄쳐 가고 있는가. 우리는 길이 되어 어디로 가고 있는가.

미리 아파했으므로

미리 아파했으므로
정작 그 순간은 덜할 줄 알았습니다.

잊으라 하기에
허허 웃으며 돌아서려 했습니다.

그까짓 그리움이사
얼마든지 견뎌 낼 줄 알았습니다.

그런데 이게 웬일입니까.
미리 아파했으나 그 순간은 외려 더했고,
웃으며 돌아섰으나 내 가슴은 온통
눈물 밭이었습니다.

얼마든지 견디리라 했던 그리움도
시간이 갈수록 자신이 없어집니다.
이제 와서 어쩌란 말인지.
이제 와서 어쩌란 말인지.

살아 있는 동안 우리는 수없이 많은 연습을 한다.

보내는 연습……. 하지만 정작 그 순간이 닥쳤을 때는 그동안 연습한 것이 하나도 쓸모가 없다. 이별은 아무리 연습해도 능숙해지지 않는 것을.

내가 얼마나 당신을 사랑하고 있었는지 당신을 보내고 난 후에야 알 수 있었어. 당신이 떠나고 난 자리에 바람이 불고, 비가 내리고, 눈이 내리고 있었지만 꽃은 피지 않았어. 낙엽이 지고, 어둠이 내려앉았지만 해는 떠오르지 않았어.

며칠 못 보아도 괜찮을 줄 알았지. 영영 간다기에 견뎌낼 줄 알았지. 하지만, 나를 떠나간 당신을 나는 끝내 떠날 수 없었음을. 당신은 나를 버릴 수 있었지만 나는 끝내 그럴 수 없었어. 하필이면 나는 당신을 보내고 나서야 알 수 있었지. 내가 얼마나 당신을 사랑하고 있었는지, 단 하루도 당신 없이 살아 내기 힘들다는 것을.

헤어짐을 준비하며

누군가를 사랑한다는 것,
그것은 마음속으로
조용히 보내 줄 준비를 한다는 뜻이다.

사랑은 결코
가질 수 있는 게 아니므로.
외려 너를 점점 멀리 두는 데
익숙해지는 일이므로.

누군가를 사랑한다는 것,
그것은 조용히 너를 보내겠다는 뜻이다.
보내고 나서 나는, 하염없이
슬픔에 빠져 있겠다는 뜻이다.

너를 만나고 나서 좋은 일도 나쁜 일도 있었어.

기쁜 일도 슬픈 일도 있었어. 때로 미워하기도 했지만 그것 또한 사랑의 한 종류였지. 그렇게 한 세월 보내면서 알게 되었어.

사랑은 이루려고 해선 안 되며, 사랑하는 그 마음으로 다 이루어진 거나 마찬가지라는 것을.

고마웠어, 내 삶에 네가 있어 줘서…….

아껴 가며 사랑하기

나는 이제 조금씩만 사랑하고, 조금씩만 그리워하기로 했습니다. 한꺼번에 사랑하다 그 사랑이 다해 버리기보다, 한꺼번에 그리워하다 그 그리움이 다해 버리기보다 조금씩만 사랑하고 조금씩만 그리워해 오래도록 그대를 내 안에 두고 싶습니다. 아껴 가며 읽는 책, 아껴 가며 듣는 음악처럼 조금씩만 그대를 끄집어내기로 했습니다.

내 유일한 희망이자 기쁨인 그대, 살아가면서 많은 것들이 없어지고 지워지지만 그대 이름만은 내 가슴속에 오래오래 남아 있길 간절히 원하기에.

나는 너를 오래오래 사랑할 거야.

비록 곁에 둘 순 없지만 이 사랑으로 내내 행복할 거야. 지금은 점심을 먹으러 나왔어. 일행이 몇 명 있지만 여기에 당신이 있으면 얼마나 좋을까, 하는 생각을 잠시 해 보았어. 부질없는 생각일지라도 나는 매번 해. 너를 떠올리는 것만으로 그냥 좋거든. 함께할 수 있다는 건 아주 큰 축복이겠지만 나중을 위해 조금 아껴 둘 거야.

오늘은 비빔밥을 시켰어.
당신을 향한 그리움도 함께 비벼 맛있게 먹을게.

험난함이 내 삶의 거름이 되어

기쁨이라는 것은 언제나 잠시뿐, 돌아서고 나면
험난한 굽이가 다시 펼쳐져 있는 이 인생의 길.

삶이 막막함으로 다가와 주체할 수 없이 울적할 때
세상의 중심에서 밀려나
구석에 서 있는 것 같은 느낌이 들 때
자신의 존재가 한낱 가랑잎처럼 힘없이 팔랑거릴 때
그러나 그런 때일수록 나는 더욱 소망한다.
그것들이 내 삶의 거름이 되어
화사한 꽃밭을 일구어 낼 수 있기를.
나중에 알찬 열매만 맺을 수 있다면
지금 당장 꽃이 아니라고 슬퍼할 이유가 없지 않은가.

살아가다 보면 잿빛처럼 컴컴해지는 날이 있다.

소리치며 내뱉을 수 없는 아픈 숨결들이 속으로 타서 시커먼 숯이 되고 절망이 되는 어둠이 있다. 그럴 때면 어두운 하늘에 빛나는 별들을 보라. 별들은 어둠이 있기에 더욱 반짝이는 것이 아니겠는가.

때로 삶이 힘겹고 지치는가. 하지만 그 노력으로 인해 당신의 삶이 이만큼 올 수 있었다는 것을 기억하라. 힘겹고 지친 만큼 당신의 삶이 더 윤기로울 수 있었다는 것을 생각하면 당연히 기뻐할 노릇이다.

때로는 서럽게 울어 보고 싶은 때가 있다. 아무도 보지 않는 데서 넋두리도 없이 오직 나 자신만을 위해서 정갈하게 울어 보고 싶은 때가 있는 것이다. 슬프면 때로 울기도 해야 한다. 그러나 무엇이 슬픈지도 모르고 우는 것은 바보짓이다. 눈물만 흘릴 게 아니라 무엇이 지금 나로 하여 울게 하는지 정신을 가다듬고 살펴봐야 한다. 그래야 내일 다시 울지 않을 수 있다.

“왜 굳이 슬픔을 피하는가. 슬픔도 삶의 힘이라는 걸 왜 인식하지 못하는가. 슬픔만 한 거름이 어디 있겠는가!”

어떤 여류 시인의 말이다. 사실 우리가 진지하고 성실한 자세로만 삶을 살아 나갈 수 있다면, 삶의 순간순간에 맞닥뜨릴 수 있는 절망과 슬픔은 우리를 더욱 강하게 만들어 줄 수 있다고 믿는다. 그 아무것도 고뇌할 것이 없는 사람은 마치 영혼이 잠들어 있는 것과 같다. 만약 사람이 고뇌라는 괴로운 칼날에 부딪쳐 본 일이 없다면 한 줄기 불어 대는 세상의 바람에도 쉬 쓰러질 수밖에 없을 것이다.

은빛 영롱한 진주는 언제 봐도 아름답다. 그러나 이 아름다운 진주가 만들어지기까지는 실로 오랜 세월 인고의 기다림이 필요하다는 것을.

조개 속에는 '진주패'라는 조직이 있는데 진주를 만들기 위해서는 여기다 작은 모래알을 넣어 둔다. 부드러운 살 속에 들어온 이물질인 모래알이 조개로선 여간 고통이 아닐 것이다. 그 고통을 이기기 위해서 조개는 분비물을 내게 되고, 그 분비물과 함께 섞인 모래알이 나중엔 진주가 된다. 결국 진주라는 것은 고통을 견디고 난 다음 만들어진 결정체인 것이다.

우리의 삶 또한 마찬가지리라. 세상을 살아가다 보면 상처를 입는 경우가 허다할 것인데, 그 상처를 전화위복의 계기로 삼아 절치부심 각고의 노력을 하는 사람에겐 아주 소중한 결실이 생길 것이다.

아마도 자신이 겪었던 고통의 크기만큼 영롱한 생의 진주는 그렇게 반짝이지 않을까.

없을까

어디 아늑한 추억들이 안개 깔리듯 조용히 깔리고 말을 하지 않아도 가슴으로 사는 곳은 없을까 술을 마시지 않아도 취해서 사는, 그리하여 괴로운 깨어남이 없는 영원한 숙취의 세계는 없을까 녹슬고 곪고 상처받은 가슴들을 서로 따스하게 다독거려 주는 그런 사랑의 세계는 없을까 겨울 저편 빛나는 햇살 한 올 오래도록 바라보면서 비로소 사랑의 칼날에 아름답게 살해되는 그런 안녕의 세계는 없을까

오래전에 쓴 시지만 아직까지 나는 그런 곳을 찾아내지 못했다.
지상의 유토피아, 과연 그런 곳은 없는 것일까?
아니면 내가 못 찾는 것일까?

2장

그대라는 이정표

어쩌면 나는, 너를 떠나보낼 때
너를 가장 사랑한 것이 아니었을까

너는 가고 없지만
내 사랑은 지금부터 시작이다

눈이 멀었다

어느 순간,
햇빛이 강렬히 눈에 들어오는 때가 있다.
그럴 때면 아무것도 보이지 않게 된다.
잠시 눈이 멀게 되는 것이다.

내 사랑도 그렇게 왔다.
그대가 처음 내 눈에 들어온 순간
저만치 멀리 떨어져 있었지만
나는 세상이 환해지는 것을 느꼈다.
그러고는
아무것도 보이지 않았다.

그로 인해
내 삶이 송두리째 흔들리게 될 줄
까맣게 몰랐다.

세상의 모든 만남은 슬픔이다.

그 사람을 내내 담아 놓을 수 없기에…….

살다보면, 자신도 모르게 지워지는 기억들이 많아.

부러 애쓰지 않아도 시간이 지날수록 가물가물해져 언제 그런 일이 있었냐는 듯 무덤덤해지는. 우리 인간에게 그런 망각의 기능이 있다는 것은 참 다행한 일이야. 모든 것을 다 기억하며 산다는 것은 생각만 해도 끔찍한 일이기에.

반대로, 지울 수 없는 기억도 있어.

지우려고 애를 써도 지워지지 않고 세월이 지날수록 더욱 선명해지는 기억. 그중 하나가 바로 너와의 첫 만남이야. 너를 처음 본 그 운명적인 순간, 그 설렘과 떨림을 어떻게 말로 다 표현할 수 있을까. 고백하자면 그때 나는 온 세상이 환해지는 것을 느꼈어. 햇빛이 갑자기 눈에 들어와 마치 내 눈이 먼 것 같은 느낌.

생생히 기억나, 너를 처음 만났던 그 순간이.

나는 눈을 뜨고 있었지만 보이는 것은 너 하나뿐이었지. 훤한 대낮이었음에도 내 눈에는 너 말고는 다른 아무것도 보이지 않았어. 그리고 나는 그다음 순간 눈을 질끈 감지 않을 수가 없었는데, 그건 아마도 이후에 닥쳐올 슬픔을 미리 예감한 탓이었을 거야. 겪어 본 사람은 알 수 있을 것이야. 어떤 한순간의 일, 그 일 때문에 그 사람은 일생을 매여 살아갈 수도 있다는 걸.

밤새

밤새 소리가 납니다. 내 혼곤한 잠 속으로 밀려와 자꾸만 울어옙니다. 이상한 일이지요. 그대와 만나고 온 날이면 내 꿈속에서는 꼭 밤새가 납니다. 이상할 것도 없지요. 떠나야 하나 떠날 곳 없는 밤새. 저 무성한 어둠을 뚫고 오늘은 또 어디서 네 피곤한 날갯짓을 쉬게 할 것인지. 가세요, 슬픈 그대. 내가 당신에게 짐이 되었다면 훌훌 떨쳐 버리고 멀리 날아가세요. 사랑이 없는 곳, 아픔이 없는 곳으로.

너를 만나고 돌아오는 길은 늘 우울했어.

아무 말도 하지 않았지만 나를 우두커니 쳐다보던 너의 슬픈 눈빛은 나에게 많은 것을 이야기해 주었기 때문이야. 그럴 때마다 나는 가슴이 철렁 내려앉곤 했어. 언젠가 네가 내 곁을 떠나갈 것을 짐작했으면서도, 그때가 바로 지금 다가온 듯해서.

내가 만약 너에게 짐이 된다면 언제라도 너를 떠나보낼 수 있다고 생각했어. 힘겨워하는 너를 보며 내가 어떻게 너를 잡아 둘 수 있겠어? 그런 날이면 나는 꼭 밤에 꿈을 꿔. 혼란한 내 생각의 갈피 속으로 새가 날아올라. 내 둥지를 떠나 훨훨 날아가는 새.

기왕 날아가려면 이별보다 먼저, 슬픔보다 먼저 날아갔으면 좋겠어. 사랑이 없는 곳, 아픔이 없는 곳으로.

몽산포夢山浦 일기

1

그대와 함께 걷는 길이
꿈길 아닌 곳이 어디 있으랴만
해 질 무렵 몽산포 솔숲 길은
아무래도 지상의 길은 아닌 듯했습니다.
이 세상에서 저 세상으로 건너가는
참으로 아득한 꿈길 같았습니다.

어딘가로 가기 위해서라기보다
그저 함께 걸을 수 있는 것이 좋았던 나는
순간순간 말을 걸려다 입을 다물고 말았습니다.
말하지 않아도 우리 속마음
서로가 모르지 않기에.
그래, 아무 말 말자. 약속도 확신도 줄 수 없는
거품뿐인 말로 공허한 웃음 짓지 말자.
솔숲 길을 지나 해변으로 나가는 동안
석양은 지기 시작했고, 그 아름다운 낙조를 보며
그대는 살며시 내게 어깨를 기대 왔지요.
함께 저 아름다운 노을의 세계로 갈 수 없을까,
그런 생각으로 내가 그대의 손을 잡았을 때
그대는 그저 쓸쓸한 웃음만 보여 줬지요.
아름답다는 것,
그것이 이토록 내 가슴을 저미게 할 줄이야.
몽산포 해 지는 바다를 보며
나는 그대로 한 점 섬이고 싶었습니다.
그대에겐 아무 말 못했지만
사랑한다, 사랑한다며 그대 가슴에 저무는
한 점 섬이고 싶었습니다.

2

걷다 보니 어느덧 돌아갈 시간이 다 되었습니다.
여전히 바다는 우리 발밑에서 출렁이고 있었는데
우리는 이제 제 갈 길로 가야 합니다.
또 얼마나 있어야 이렇게 그대와 마주할 수 있을지,
이런 날이 우리 생애에 또 있기나 할는지,
둘이서 함께한 이 행복한 순간들을
나는 공연한 걱정으로 다 보내고 말았고,
몽산포, 그 꿈결 같은 길을 걸으며
나는 예감할 수 있었습니다.
내 발밑에서 밀려왔다 밀려가는 파도처럼
그대 또한 내 삶의 한가운데
밀려왔다 기어이 밀려가리라는 것을.
그대와의 동행이 얼마간은 따뜻하겠지만
더 큰 쓸쓸함으로 내 가슴에 남으리라는 것을.
몽산포, 그 솔숲 길 백사장은 그대로 있겠지만
그대는 어디서도 찾을 수 없으리라는 걸.
몽산포, 그 꿈결 같은 길,
아아 다시 돌아와야 하는 길을 간다는 건
못내 쓸쓸한 일이라는 걸.

지금도 나는 가끔 몽산포에 간다.

죄를 저지른 범인이 사건 현장을 다시 찾듯 그렇게 옛날의 흔적을 뒤지는 것이지. 내가 그러하듯 그대도 이 몽산포를 다시 찾을까? 터미널이 내려다보이는 2층 찻집이나 시장 모퉁이의 수제비집도?

몽산포에 가면 현재의 나는 없어.

그대와 함께했던 오직 그때의 나만 존재할 뿐이야.

사랑의 우화

내 사랑은 소나기였으나
당신의 사랑은 가랑비였습니다.
내 사랑은 폭풍이었으나
당신의 사랑은 산들바람이였습니다.

그땐 몰랐었지요,
한때의 소나긴 피하면 되나
가랑비는 피해 갈 수 없음을.
한때의 폭풍이야 비켜 가면 그뿐
산들바람은 비켜 갈 수 없음을.

강한 것이, 열정적인 것이 좋은 걸로 알았어. 특히 사랑에는. 광화문 네거리에 걸려 있는 전광판처럼 화려하고 거창해야 나는 내 사랑이 너에게 당도할 줄 알았어. 나의 그러한 강렬함에 너는 내 손을 잡지 않을 수가 없을 것이라고 믿었지.

하지만 그게 아니었어. 너는 너무도 쉽게 나를 피해 갔지.

하기야 한순간 짧게 퍼붓는 소낙비야 잠시만 몸을 피하면 그뿐 아니겠어. 대신 나는 네가 부려 놓은 가랑비에 흠뻑 몸이 젖고 말았어. 너의 은은한 눈빛에, 너의 조용한 고개 끄덕임에, 너의 단아한 미소에 내 몸과 영혼까지 다 젖고 말았던 거지. 그래서일까, 너는 나를 피해 갔지만 나는 언제까지나 너에게 머물러 있어.

형벌

사랑은 깊어질수록 가혹한 형벌이네.
어찌하여 우리에겐 슬픈 일만 생기는 것인지
잠 못 이루며 생각해 봐도 아무런 소용 없네.
우릴 만나게 한 것이 신의 뜻이라면
그로 인한 고통은 인간의 몫이던가.
사랑하는 사람은 못 만나 괴롭고
미워하는 사람은 만나서 괴로운
아아 이승의 사랑, 우리의 사랑은 왜
계단이 되지 못하고 먼 산이 되어야 하는가.
왜 먼 산이 되어 눈물만 글썽이게 만드는가.

현실의 벽이 높더라도, 그것을 인식했더라도 사랑하지 않을 수 없는 사랑, 그것이야말로 진실한 사랑이지만 어찌하겠는가. 현실을 외면한 사랑은 두 사람이 다치기 십상인데.

살다 보면 사랑하면서도 끝내는 헤어질 수밖에 없는 상황에 부닥치는 경우가 많다. 그럴 때는 둘이 함께 도망을 가라.

몸은 남겨 두고 마음만 함께.

슬픔의 무게

구름이 많이 모여 있어
그것을 견딜 만한 힘이 없을 때
비가 내린다.

슬픔이 많이 모여 있어
그것을 견딜 만한 힘이 없을 때
눈물이 흐른다.

밤새워 울어 본 사람은 알리라.
세상의 어떤 슬픔이든 간에
슬픔이 얼마나 무거운 것인가를.
눈물로 덜어 내지 않으면
제 몸 하나도 추스릴 수 없다는 것을.

때로는 서럽게 울어 보고 싶은 때가 있어.

아무도 보지 않는 데서 넋두리도 없이 오직 나 자신만을 위해서 정갈하게 울고 싶은 때가. 그리하여 눈물에 흠씬 젖은 눈과 겸허한 가슴을 갖고 싶어. 그리하여 또한 잊었던 슬픔들이 어떤 것이었는지 찾고 싶어.

그때의 눈물은 정직한 자백과 뉘우침 같은 것이야. 그것은 새롭게 출발할 것을 다짐하는 내 기도의 첫 구절이 되겠지.

요즘 와서 나는 그런 생각을 하게 되었어. 세상 살아가는 일이 다 슬픔을 수도修道하는 일이 아니겠느냐고. 우리 살아가는 동안에 기쁘고 즐거운 일보다는 슬프고 안타까운 일만 더 넘쳐 나는 것 같다고. 나한테만 그런 것일까? 이제 그만 슬픔이라는 놈과 친구 하고 싶은데…….

눈 오는 날

눈 오는 날엔
사람과 사람끼리 만나는 게 아니라
마음과 마음끼리 만난다.
그래서 눈 오는 날엔
사람은 여기 있는데
마음은 딴 데 가 있는 경우가 많다.

눈 오는 날엔 그래서
마음이 아픈 사람이 많다.

눈이 내리면, 눈만 쌓이는 게 아니라 그대도 내 가슴에 소록소록 쌓여 옵니다. 눈이라는 말만 입에 담더라도 나는 조용히 눈을 감게 되지요. 그러면, 쓸쓸한 내 마음의 간격 사이로도 눈이 내리고, 나는 어김없이 저 너머 빈 들판에 홀로 서 있는 나무가 됩니다. 눈은 지상의 모든 것을 덮어 주고 가려 주지만 한 사람이 남긴 공간만큼은 어쩔 수가 없네요.

내리는 저 눈을 그대도 보고 있겠지요?

눈이 내리면 이상하게도 그대가 더 사무칩니다.

잠시 내린 눈처럼 사랑은 금세였고, 쌓여 있는 눈들처럼 내 그리움은 오래였지요. 하지만 아나요? 눈은 쌓여 있기 위해 먼 길을 온 것이 아니라는 것을. 눈물을 감추기 위해 잠시 시치미를 떼는 것이랍니다. 비로 내리면 우는 소리 금세 들킬 듯해서.

그대여, 그대가 보고 있는 창가에 지금도 눈발이 흩날리거든 그 흩날리는 눈발이 내 마음인 줄 아세요. 그대에게 닿고 싶어 몸부림치는 내 마음인 줄 아세요.

비 오는 간이역에서 밤 열차를 탔다 · 3

낯선 간이역들, 삶이란 것은 결국
이 간이역들처럼 잠시 스쳤다 지나가는 것은 아닐까.
어쩌면 스친 것조차도 모르고 지나치는 것은 아닐까.
달리는 기차 차창에서 언뜻 비쳤다가
금세 사라지고 마는 밤 풍경들처럼.
내게 존재했던 모든 것들은 정말이지 얼마나 빨리
내 곁을 스쳐 지나갔는지.
돌이켜 보면, 언제나 나는 혼자였다.
많은 사람들이 내 곁을 서성거렸지만
정작 내가 그의 손을 필요로 할 때에는
옆에 없었다. 저만치 비켜서 있었다.
그래, 우리가 언제 혼자가 아닌 적이 있었더냐?
사는 모든 날들이 무지갯빛으로 빛날 수만은 없어서
그래서 절망하고 가슴 아파할 일이 한두 가지가 아니지만
나는 그리웠던 이름들을 나직이 불러 보며
이제 더 이상 슬퍼하지 않기로 했다.
바람 불고 비 내리고 무지개 뜨는 세상이 아름답듯
사랑하고 이별하고 가슴 아파하는 삶이 아름답기에.
밤 열차는 또 어디로 흘러가는 것인지…….

이 밤에도 어둠을 뚫고 달리는 기차가 있다.

차창 밖 희미한 밤 풍경들을 바라보는 나에게 문득 이런 생각이 들었다. 기차엔 승객을 태운 객차와 그들을 끌고 가는 기관차가 있다. 객차에서 편히 가는 사람이 있는 반면 땀 흘리며 기관차를 운전하는 사람도 있다. 기관차가 되지 못한다면, 기관차를 운전하는 사람이 되지 못한다면 한 번쯤 그들의 고마움을 생각해 보는 승객이 되어 보면 어떨까.

사연이 많은 사람들이 밤 열차를 타게 마련이다.

그 사연, 어둠에 감추려고. 혹은 선잠이라도 자며 잠시나마 잊어 보려고.

험로險路

높낮이가 있어야 산이고, 굴곡이 있어야 강이다. 너에게 가자면 수천의 산을 넘고 수만의 강을 건너야 하느니. 그것쯤이야 대수로운 게 아니지만 막상 가 보면 네가 문을 닫고 있는데야.

네 마음의 부재. 천신만고 끝에 당도했는데 너는 이미 외출하고 없다. 지금 와서 어쩌란 말인가, 되돌아갈 수도 없고 들어갈 수도 없는 너의 문 앞에서.

너를 사랑한다는 것은 결코 쉬운 일이 아니었어.

내 마음에서 너의 마음까지 가는 사랑이라는 길. 그 길은, 처음엔 쉽게 갈 수 있을 것 같았으나 갈수록 그렇지가 않았어. 험난한 장애물이 길을 가면 갈수록 자꾸만 툭툭 튀어나오는 것이 아닌가.

하지만 무엇보다 내 사랑을 어렵게 만드는 것은, 장애물들 때문이 아니라 네 앞에서 위축되고 쩔쩔매는 내 여린 마음 때문이 아닌지 몰라. 너에 대한 확신이 없음으로 해서 내 스스로 만들어 놓은 장애물.

실제로 사랑이라는 노정에는 타인이 만들어 놓은 장애물은 그리 많지 않다고 해. 그 대부분이 자신이 상처받기 두려운 나머지 스스로 금을 그어 놓은 자기변명이기 십상이야. 그래서 사랑에는 용기가 필요해.

너를 향한 길, 나도 모르는 사이에 내 발걸음은 그 길에 들어섰어. 막막하고 험하기 짝이 없지만 이미 들어선 이상 가지 않을 수가 없어. 되돌리기에도 너무 늦었어. 네가 외면한다 할지라도 일단은 가는 수밖에. 쉽사리 문을 열어 주지 않을 것이겠지만 지금으로선 별다른 도리가 없어. 그 문 앞에서 마냥 기다리는 수밖에.

너의 모습

산이 가까워질수록
산을 모르겠다.
네가 가까워질수록
너를 모르겠다.

멀리 있어야 산의 모습이 또렷하고
떠나고 나서야 네 모습이 또렷하니
어쩌란 말이냐, 이미 지나쳐 온 길인데.
다시 돌아가기엔 너무 먼 길인데.

벗은 줄 알았더니
지금까지 끌고 온 줄이야.
산그늘이 깊듯
네가 남긴 그늘도 깊네.

묘한 일이었다.

더 가까워지기 위해 우리는 진실을 알고 싶어 한다. 그러나 그 속에 스며들수록 진실은 더욱 묘연해지고 마니. 아마도 적당한 거리를 두어야 눈에 보이는 것이 진실인 모양이다.

헤어지고 나서야 알 수 있었다.

그대를 향한 쉼 없는 그리움. 채 떨어내지 못한 풀씨 하나가 내 가슴에 이리도 큰 풀밭을 만들 줄이야.

저만치 와 있는 이별 · 1

모든 것의 끝은 있나니
끝이 없을 것 같은 강물도 바다도
보이지 않는 어떤 것이라 할지라도
그것들의 끝은 있나니.
또 마땅히 그래야 하느니.
청춘도 그리움도 세월도
그리하여 우리의 삶마저도…….

내 사랑도 끝이 있다는 것을
나는 미처 깨닫지 못했네.
돌아보면 저만치 와 있는 이별
비켜 갈 수 없다는 것을 알면서도
아아 나는 애써 외면하고자 했네.
내 사랑도 끝이 있다는 것은
결코 알고 싶지 않았네.
결코 알고 싶지 않았네.

살다 보면, 기대하는 일은 빗나가기 일쑤고 우려하는 일만 적중되는 때가 많아. 특히나 사랑하는 일엔 더 그래. 그대와 헤어질 것 같은 예감, 그건 희한하게도 들어맞는 경우가 많거든.

세상에 영원한 것이 없듯 사랑도 영원하지 않는 것을 어쩌겠어. 인위적인 이별이건 사별이건 간에 사람은 반드시 이별을 경험하는 걸. 그렇다면 사랑을 잃은 그 빈자리는 무엇으로 메울까. 사랑에 빠질 때와는 달리 사랑을 잃을 때는 세상이 온통 무너져 버리는 것을.

하지만 이별이 두렵다고 해서 다가오는 사랑을 외면할 수는 없어. 세상에 태어나서 누군가를 사랑하게 되었다면 그것보다 더 큰 축복은 없을 것이므로. 사랑했으므로 내 모든 것이 재만 남았다 하더라도 사랑하지 않아 나무토막 그대로 있는 것보다는 낫지 않겠어?

민들레

이렇게 헤어지면
다시 못 만날 것 같은 예감은 들었지만
그대, 이제 보내 드립니다.
그동안 내 안에 갇혀 있었으므로
다시는 내게 갇혀 있지 않으려고
훨훨 뒤도 돌아보지 않고 떠나시겠지만
기왕 맘먹었을 때
그대 보내 드리렵니다.
그대 날 사랑하긴 했었나요?
날 보고 싶어 하긴 할까요?
그런 생각마저 그대와 함께 보내려다
아아, 나는 문득
봄날 들판에 지천으로 흩날리는
민들레 홀씨를 보았습니다.
보내고 나서야 흐드러지게 피어나는
저 가슴 아픈 사랑을.

그래, 사랑한다는 것은 저 민들레처럼 나를 온전히 비우는 것은 아닐까? 나의 존재마저 고스란히 그대에게 넘겨주고 나는 한 발짝 물러서 있겠다는 뜻이 아닐까? 그래서 사랑은 아픈 것인가 보다. 그래서 안타깝고 외로운 것인가 보다.

귀로歸路

돌아오는 길은 늘 혼자였다.
가는 겨울 해가 질 무렵이면 어김없이
내 마음도 무너져 왔고, 소주 한 병을
주머니에 쑤셔 넣고 시외버스를 타는 동안에도
차창 밖엔 소리 없이 눈이 내렸다.
그대를 향한 마음을 잠시 접어 둔다는 것,
그것은 정말 소주병을 주머니에 넣듯
어딘가에 쉽게 넣어 둘 일은 못 되었지만
나는 멍하니 차창에 어지러이 부딪쳐 오는
눈발들을 쳐다볼 수밖에 없었다.
내 사랑이 언제쯤에나 순조로울는지,
생각하면 생각할수록 나는
저 차창에 부서지는 한 송이 여린 눈발이었다.
무언가를 주고 싶었으나 결국 아무것도
주지 못한 채 돌아섰지만 그대여,

나 지금은 슬퍼하지 않겠다. 폭설이 내려
길을 뒤덮는다 해도 기어이 다시 찾아올 이 길을.
문득 고개를 들어 보니 차창 너머
손을 흔들고 서 있는 그대.
그대 모습이 이토록 눈물겨운 것은
세상에 사랑보다 더한 기쁨이 없는 까닭이다.
버스는 출발했으나 내 마음은 출발하지 않았다.
비록 몸은 가고 있으나 나는 언제까지나
그대 곁에 머물러 있다.

그대를 만나고 돌아오는 길은 늘 마음이 무거웠었다.

다음에 만날 약속이라도 정해 놓았다면 좀 덜 그랬을 텐데. 지금 헤어지면 언제 다시 만날 수 있을지 기약할 수 없었기에 나는 우울함을 떨쳐 낼 수 없었고, 돌아오고 싶지 않은 마음을 간신히 추슬러 시외버스를 타면 그대로 나는 세상의 한구석에 홀로 놓여진 기분이었다.

차창 너머 그대를 본다. 내리는 눈발 속 우두커니 서 있는 그대를 보는 것은 세상 무엇보다도 가슴 아린 일이었다. 정말 우리 사랑은 언제쯤이면 순조로울 수 있을는지. 그대와 함께할 수 있는 날이 올 수 있을는지. 그런 날이 과연 있기는 할는지.

그대와 헤어져 돌아오는 길이면 나는 또 항상 두려움을 떨쳐 낼 수 없었다. 다시는 그대를 못 만날 것만 같아서. 그런 마음을 접고 다시금 용기를 내어 보지만 그래도 나는 여전히 차창에 부서지는 저 여린 눈발처럼 작고 초라했다. 그대를 만났다 돌아오는 길이면…….

너를 보내고

너를 보내고, 나는 오랫동안
아무 말도 하지 못했다.
찻잔은 아직도 따스했으나
슬픔과 절망의 입자만
내 가슴을 날카롭게 파고들었다.
어리석었던 내 삶의 편린들이여,
언제나 나는 뒤늦게 사랑을 느꼈고
언제나 나는 보내고 나서 후회했다.

가슴은 차가운데 눈물은 왜 이리 뜨거운가.
찻잔은 식은 지 이미 오래였지만
내 사랑은 지금부터 시작이다.
내 슬픔, 내 그리움은
이제부터 데워지리라.
그대는 가고,
나는 갈 수 없는 그 길을
나 얼마나 오랫동안 바라보아야 할까.

안개가 피어올랐다.
기어이 그대를 따라가고야 말
내 슬픈 영혼의 입자들이.

혼자서라도 나는 다시 시작할 것이다.

애초부터 나 혼자 한 사랑이 아니었던가. 너는 가고 없지만 내 사랑은 지금부터 시작이다. 그리움이 남아 있는 한 내 사랑은 끝나지 않았다.

한 사람을 사랑했네 · 4

차라리 잊어야 하리라, 할 때
당신은 또 내게 오십니다.

한동안 힘들고 외로워도
더 이상 찾지 않으리라, 할 때
당신은 또 이미 저만치 오십니다.

어쩌란 말입니까 그대여,
잊고자 할 때
그대는 내게 더 가득 쌓이는 것을.

너무 깊숙이 내 안에 있어
이제는 꺼낼 수도 없는 그대를.

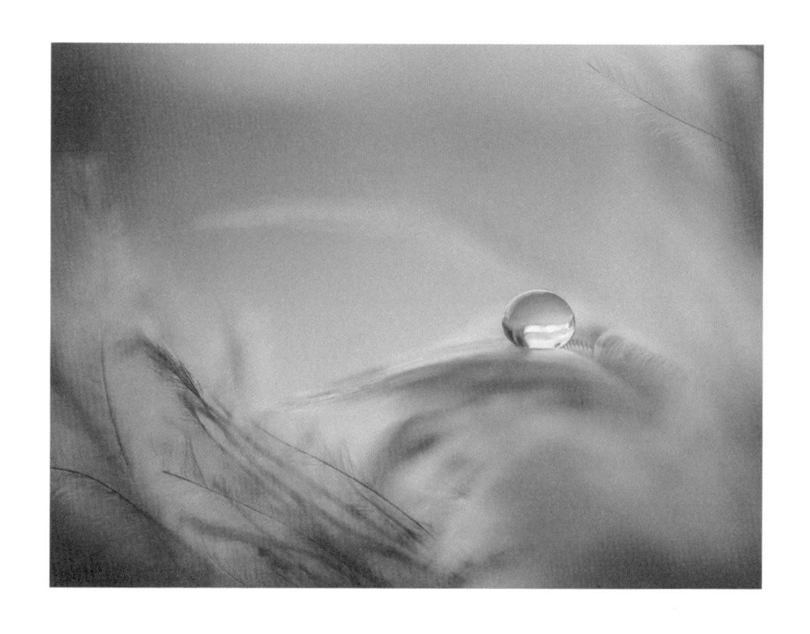

나는 내가 지칠 때까지 끊임없이 너를 기억하고 그리워할 거야. 너를 잊기 위해서가 아니라 너를 내 안에 간직하기 위해서. 또 더 이상 아파해야 할 것이 없어질 때까지 너와 함께한 추억들을 샅샅이 끄집어내어 상처받을 거야. 사랑을 원망하기 위해서가 아니라 그 아픔에 무덤덤해지기 위해서.

자국

망치는 못을 박는 데도 쓰이지만
못을 빼는 데도 필요합니다.

사랑이라는 것,
추억이라는 것,
못을 빼고 난 다음에도 남아 있는
메울 수 없는 구멍 같은 것이여.

깊은 밤, 너에게 메일을 써.

써 놓기만 하고선 보내지 못하는 사연들을. 어쩌면 내 안에서만 이루어지는 이야기들이 절망의 높이만큼 쌓여 가.

너에게 메일을 쓴다는 것은 내 마음 한쪽을 떼어 보낸다는 뜻이야. 너에게 가 닿을 수 있을지는 모르지만 밤마다 나는 내 마음을 보내느라 피를 흘려. 밉도록 보고픈 사람, 나는 이제 그만 들키고 싶어, 너를 알고부터 날마다 상처투성이가 되는 내 마음을.

잠을 이룰 수 없었던 지난밤은 그대로 고통이었어. 남들이 잠들어 있을 때 혼자 우두커니 깨어 있는 일은 참으로 괴로운 일이야. 오랫동안 앓아 온 '그리움'이란 병이 또 도지는 모양이라 나는 겁부터 났지. 닳은 신발 버리듯 버려서 되는 일 같았으면 왜 지금까지 끌고 왔겠는가. 사람 하나 벗어나는 일이 왜 이다지도 힘겨운지…….

판화

너를 새긴다.
더 팔 것도 없는 가슴이지만
시퍼렇게 날이 선 조각칼로
너를 새긴다.

너를 새기며,
날마다 나는 피 흘린다.

너를 그리워한다는 것은 내 가슴을 도려내는 일이야.

그래서 더 이상 못할 짓이었지만 어느새 나는 또 날카로운 조각칼 하나를 들고 있어.

밤마다 내 피는 하늘로 올라가. 내 피가 다하는 날, 마침내 그날은 내가 하늘로 올라가는 날이겠지. 네가 수혈해 주지 않고서는 도저히 회생할 수 없는 내 사랑의 피 흘림.

기다리는 이유

기다리는 이유를 묻지 말라.
너는 왜 사는가.

지키지 못할 약속이라도 나는 무척 설레었던 것을.
산다는 것은 이렇게 슬픔을 녹여 가는 것이구나.

어쩌면 나는, 네가 올 수 없다는 것을 미리 알고 있었는지도 모르겠어. 그래서 너를 기다린다는 것은 다시금 패배를 확인하는 일이야.

카페에 앉아 커피를 마시면서도, 인적이 뜸한 길을 가면서도 자꾸만 주위를 두리번거리는 것은 어쩌면 너를 마주칠 것 같아서야. 아무도 없는 뒤를 돌아보며 자꾸만 확인하는 것은 혹시나 네가 거기 서 있을 것 같은 느낌이 들어서야. 그러나 너는 아무 데도 없어. 금방이라도 내 이름을 부르며 나타날 것만 같았는데…….

기다리는 사람이 있다는 것은 어쩌면 행복한 일이야. 얼마만큼 기다려야 네가 올 수 있을는지 알 수 없는 일이지만 너를 만날 수 있다는 기대감은 나를 절로 행복하게 만들어.

때때로 그런 행복감이 커다란 절망감으로 바뀔 수도 있지만 누군가를 그리워하며 기다리는 대상이 있다는 것은 분명 행복한 일이야. 기다림이 아무리 쓰라리다 할지라도 능히 참고 견딜 수 있는 것은 너를 만날 수 있다는 단 하나의 소망 때문이었지.

그래, 오랜 기다림 속에서도 지치지 않을 수 있는 까닭은 바로 너를 기다리기 때문이야. 너를 사랑하는 마음이 하나도 가시지 않았기 때문이야.

사랑한단 말은 못해도

사랑한단 말은 못해도
보고 싶었단 말은 해야지.

보고 싶었단 말은 못해도
생각이 나더란 말은 해야지.

생각이 나더란 말은 못해도
보고 싶었단 말은 못해도
사랑한단 말은 못해도

아아, 세상의 그 어느 말이라도
상관이 없었다만은
차마
안녕이란 말은 말았어야지.
안녕이란 말은 말았어야지.

안녕이란 말은 하지 말자.

설사 지금이 그때라 하더라도 안녕이란 말만큼은 입에 담지 말자. 언제 우리가 헤어질 줄 알고 만났던가. 지금은 비록 다시 못 만날 것 같아도 그건 누구도 장담 못할 일, 다시 만날 그 가능성만큼은 지워 버리지 말자.

그래, 우리 언제고 다시 만날 수 있다.

앞으로 우리 살아갈 날 많고 많으니 지금 섣불리 마지막이라 단정 짓지 말자. 행여 하는 그 기대마저 없으면 무엇으로 한 세상 살아갈 수 있는가. 설사 지금이 마지막이라 할지라도 그냥 갈 일이지 결코 안녕이란 말은 하지 말자. 공연히 안녕이란 말로 마지막이 되지 말자.

우리 삶에 그 조그만 불씨마저 꺼 버리진 말자.

촛불

사랑하는 사람과 함께라면
한 자루의 촛불을 켜고 마주 앉아 보라.
고요하게 일렁이는 불빛 너머로
사랑하는 이의 얼굴은 더욱더 아름다워 보일 것이고
또한, 사랑은 멀고 높은 곳에 있는 것이 아니라
아주 가깝고 낮은 곳에 있음을 깨닫게 될 것이다.

사랑하는 사람이 그리웁거든
한 자루의 촛불을 켜 두고 조용히 눈을 감아 보라.
제 한 몸 불태워 온 어둠 밝히는 촛불처럼
사랑하는 사람을 위해 두 손 모으다 보면
당신이 사랑하는 그 사람은 어느새, 다른 곳이 아닌
바로 당신의 마음속에 있음을 깨닫게 될 것이다.

사랑할 때, 단 한 순간이라도 어느 한 사람을 진정으로 사랑할 때 우리는 그를 위해 조용히 두 손을 모으게 된다. 요란하게 떠들기보다는 속으로 조용히 그를 위한 자리를 마련해 주게 되는 것이다. 온전히 그에게 나의 자리를 내어 주고 나는 한 발짝 물러서서 조용히 그를 지켜보게 되는 것이다.

제 한 몸 불태워 온 어둠 밝히는 촛불처럼 당신 자신을 태워야 사랑은 그때 비로소 아름다운 불꽃을 피울 수 있다.

마음 열쇠

문이 하나 있었다.
그 문은 아주 오랫동안 잠겨 있었으므로
자물쇠에 온통 녹이 슬어 있었다.

그 오래된 문을 열 수 있는 것은
마음이라는 열쇠밖에 없었다.
녹슬고 곪고 상처받은 가슴을 녹여
부드럽게 열리게 할 수 있는 것은
따스하게 데워진 마음이라는 열쇠뿐.

닫힌 것을 여는 것은
언제나 사랑이다.

세상이 황량하다고들 해.

팍팍하고 삭막해서 무섭다고.

그러면 너는? 그런 세상을 위해 너는 뭘 했는지 묻고 싶어. 세상을 위해 이로운 일 한 적 있느냐고? 하다못해 길 가다 발에 차이는 돌멩이 하나라도 치운 적 있느냐고?

내가 먼저 마음의 화로를 켜자.

내가 세상에 존재하는 이유는 다른 모든 것의 배경이 되기 위한 것이라고 누군가가 이야기했다지만, 배경까지는 못 되더라도 최소한 따뜻함이라도 나눌 수 있는 사람이 되자. 그래서 내 가까이 있는 사람들만이라도 행복해하는 것을 보아야지. 온기로 환하게 달아오른 사람들의 얼굴들, 그걸 보는 것만으로도 우리는 얼마나 행복한가.

3장
조용히 손을 내밀었을 때

내가 할 수 없는 일 중 한 가지만 꼽으라면
그건 바로 당신을 사랑하지 않는 일이야

너를 사랑하는 게 아니다
꽃을 피우기 위해 애쓴 너의 삶을 사랑하는 것이다

별 · 1

밤하늘엔 별이 있습니다.
내 마음엔 당신이 있습니다.

새벽이 되면 별은 집니다.
그러나 단지 눈에 보이지 않을 뿐
별은 없어지는 것이 아니라는 것,
당신은 아시나요?

그대를 만나고부터 내 마음속엔
언제나 별 하나 빛나고 있습니다.

감히 당신이라 불러 보네.

저 홀로 싸늘히 빛나는 별빛을 가슴에 안듯 그렇게 시린 마음으로. 밤이면 나는 묻곤 하지, 사랑은 과연 그대처럼 멀리 있는 것인가?

내 가슴속에 별빛이란 별빛은 다 쏟아부어 놓고, 그리움이란 그리움은 다 일으켜 놓고, 그대는 진정 한 발짝도 내려오지 않긴가. 그렇게 싸늘하게 내려다보고만 있을 것인가.

별 · 2

사랑한다는 이유만으로
선뜻 그대에게 다가서지 않겠습니다.
내가 그대를 묵묵히 바라만 보고 있는 것은
내 사랑이 부족해서가 아니라
그대를 너무나 사랑해서임을 알아주십시오.

오늘따라 저렇게 별빛이 유난스런 것은
가까이 다가가고 싶지만 참고 또 참는
내 아픈 마음임을 헤아려 주십시오.

이상한 일이다.

왜 자기가 갖고 싶은 것, 원하는 것은 멀리에만 있는 것일까?

너의 창가에도 저 별빛은 내리겠지. 더욱 유별나게 빛나리라 믿고 싶은 것은 거기에 내 마음이 담겨서야. 새벽이 오면, 그리하여 저 별빛 또한 사라지면 내 지친 사랑도 잠깐 쉬어 갈 수 있을까?

내가 여기서 서성이고만 있는 것은 그대 곁에 갈 용기가 없어서가 아니다. 그대를 가까이하지 못하는 이유를 묻지 말아 줘. 그 이유가 내 괴로움의 근본이니.

LIFE

사랑한다 해도

사랑한다 해도 그대는 고개를 돌립니다.
벼르고 별렀던 말, 내가 사랑한다 해도
그대는 웬일인지 눈물만 글썽입니다.

다른 말은 하나도 못하겠습니다.
이 말을 꺼내기 위해 준비해 둔 숱한 말들
하나도 떠오르지 않습니다. 오직, 사랑한다
사랑한다 그 말만 부지런히 되뇌었는데
그대는 웬일인지 찻잔만 매만집니다.

이제 나는 알았습니다.
내가 싸워야 할 상대는 그대가 아니라
그대를 둘러싸고 있는 현실임을.
내 사랑을 받아 줄 수 없는 그대의 현실,
그것과 나는 이제 한판 싸움을 벌일 것입니다.
누가 나가떨어지든지 간에 한판 거창하게
싸움을 벌여 볼 것입니다.

세상엔 내가 할 수 없는 일이 많지만 그중에 한 가지만 꼽으라면, 그건 바로 당신을 사랑하지 않는 일입니다. 그대는 나보고 사랑하지 말라 하지만 그럴수록 나는 그대에게 더 목매단다는 것을.

물은 물고기가 없어도 아무렇지 않게 흘러갈 수 있지만 물고기는 물이 없이 한시도 살아갈 수 없음을. 당신은 대수롭지 않겠지만 나는 그럴 수 없는 그 차이가 내 슬픔의 시작인 것을.

지금부터 내 싸움의 상대는 그대가 아니라 그대를 둘러싸고 있는 '현실'입니다. 그것부터 넘어서야 그대에게 닿을 수 있겠지요. 당신이 허락하지 않는다 할지라도 이미 당신을 사랑하는 나는 이제 한판 싸움을 거창하게 벌여 볼 작정입니다.

남지南池를 생각하며

그 아득한 저녁 나라,
볼 수 없는 바람이 분다.

분다는 것은
누구의 일생이 저문다는 것일까.

아름답게 살기 위하여
아름답게 살기 위하여
아름답게 사랑하기 위하여

그리하여
훗날 죽음마저 부끄러워지기를

신神의 문밖에서
빌고 또 빌었지.

내가 나를 위해 기도했을 때 당신은 내 안에 있지 않다.

하지만 당신을 위해 기도했을 때, 내 안에 당신이 고여듦을 알게 될 것이다. 내가 아닌 당신을 위해 두 손을 모으는 것, 그것이 진정 기도다. 그 기도로 충만했을 때 비로소 나는 당신과 하나가 된다. 내 안에 당신이 살아 숨 쉬게 된다.

남지南池, 그 따뜻하고 아름다운 곳에서 살고 싶다.

밖을 향하여

동굴을 지나온 사람이라야 동굴을 안다.
그 습하고 어두운 동굴의 공포
때로 박쥐가 얼굴을 할퀴고
이름조차 알 수 없는 벌레가 몸에 달라붙어
떼려도 떨어지지 않게 꽉 달라붙어
살점을 뜯고 피를 빨아 먹는 으으 이 끔찍함!
발을 헛디뎌 수렁에 빠졌다가
깨진 무릎 빠진 손톱으로 기어서 기어서라도
동굴을 지나온 사람이라야 동굴을 안다.
동굴 밖 햇빛의 눈부심을 안다.

우리 삶은 머물러 있지 않다.

어려운 날도 있고, 살 만한 날도 있는 것이다. 어느 때는 행복하고 어느 때는 불행하고, 삶이란 항상 물처럼 유동적이게 마련이라 시내를 흐르다 폭포로 곤두박질치기도 하고…….

동굴은 끝이 있기 마련이다. 컴컴하다고 주저앉아 있을 것인가? 기어서라도 가야 그곳을 벗어날 수 있다. 동굴을 무사히 지나오게 되면 햇빛의 소중함을 깨달을 수 있게 된다.

욕심

삶은 나에게 일러 주었네.
나에게 없는 것을 욕심내기보다는
내가 갖고 있는 것을 소중히 하고
감사히 여기라는 것을.

삶은 내게 또 일러 주었네.
갖고 있는 것에 너무 집착하지 말기를.
그것에 지나치게 집착하다 보면
외려 잃을 수도 있다는 것을.

내가 가진 것이 무엇인가.
내가 가질 수 있고,
가질 수 없는 것은 또 무엇인가.
나는 여태껏
욕심만 무겁게 짊어지고 있었네.

우리에겐 '이미 주어진 것'과 '아직 주어지지 않은 것'이 있어. 만약 우리가 '아직 주어지지 않은 것' 쪽에 마음이 쏠린다면 불평과 부러움에 사로잡혀 '이미 주어진 것'에 대한 감사는 소홀해져. 참으로 엄청난 것들이 이미 주어졌는데도 말이야.

삶은 집착이 아닐 거야.

집착해 봤자 가질 수 있는 것은 얼마 안 돼.

탐욕과 허욕, 그것들을 버리지 못하기 때문에 인간은 죄를 짓게 되지. 누구나가 다 '이미 주어진 것'을 바탕으로 그 위에서 생활하고 있지만, 그럼에도 불구하고 우리는 '아직 주어지지 않은 것'에 너무 많은 욕심을 부리고 있는 게 아닐까?

허수아비

혼자 서 있는 허수아비에게
외로우냐고 묻지 마라

어떤 풍경도 사랑이 되지 못하는 빈 들판
낡고 해진 추억만으로 한 세상 견뎌 왔느니
혼자 서 있는 허수아비에게
누구를 기다리느냐고도 묻지 마라.
일체의 위로도 건네지 마라.
세상에 태어나
한 사람을 마음속에 섬기는 일은
어차피 고독한 수행이거니.

허수아비는
혼자라서 외로운 게 아니다.
누군가를 사랑하기에 외롭다.
사랑하는 그만큼 외롭다.

'혼자'라는 것을 강하게 느낀다는 것은 마음속으로 누군가 생각하는 사람이 있다는 뜻일 것이다. 외롭다는 것은 혼자이기 때문이 아니다.

누군가를 사랑하기에
그 사람과 같이 있지 못하기 때문에
우리는 사실 외로운 것이 아닐까?

저만치 와 있는 이별·5

저만치 구름이 몰려와 있었습니다만
나는 우산을 준비하지 않았습니다.
이제 곧 비가 내리겠지만
드센 소낙비로 내릴지도 모를 일이지만
나는 그대로 길을 나섰습니다.
그대, 아시는지요?
비가 내린다면 그냥 흠뻑 젖고 말 뿐
결코 우산을 준비하고 싶지 않은 나의 마음을.
먹구름이 아까보다 더 가까이 와 있었지만
끝내 비는 오지 않을 것이라고,
오지 않을 거라고 믿고 싶은 나의 마음을.

먹구름이 다가와 곧 비가 뿌릴 줄 알면서도 끝내 우산을 준비하지 않은 까닭은 비가 내리지 않기를 바라는 마음이 더 앞섰기 때문이었다.

그렇게 내 이별도 다가왔다. 이별이 곧 닥칠 걸 알면서도 난 그래도 설마, 하는 마음으로 끝까지 버텼다. **준비하지 않은 이별, 그래서 이별의 아픔이 더 컸는지도 모를 일이다.**

목련

당신은 내게
만나자마자 이별부터 가르쳤지요.
잎이 돋아나기도 전에
꽃이 지고 마는 목련처럼.

당신은 내게
사랑의 기쁨보다 사랑의 고통을
먼저 알게 했지요.
며칠간 한껏 아름답다가
끝내 속절없이 떨어지고야 말
저 목련꽃.

겨우 알 만했는데,
이제사 눈을 뜨기 시작했는데
당신은 어느새 저만치 가 버렸네요.
그렇게 훌쩍 떠나고 없네요.

너를 사랑하는 게 아니다.

그동안 꽃을 피우기 위해 애쓴 너의 삶을 사랑하는 것이다. 그러니 그대여, 네 꽃잎 진다고 슬퍼하지 마라.

모두 잠든 깊은 밤에 홀로 불을 켜 두고 있다면 그는 그 방의 불빛만큼이나 선명하게 드러나는 누군가의 빈자리를 느꼈기 때문일 것이다.

목련꽃. 그저 피어 있을 때는 몰랐었지.
떨어지고 나서야 알 수 있었지, 네가 그렇게 아픈 것인 줄은.

꽃잎의 사랑

내가 왜 몰랐던가,
당신이 다가와 터뜨려 주기 전까지는
꽃잎 하나도 열지 못한다는 것을.

당신이 가져가기 전까지는
내게 있던 건 사랑이 아니니
내 안에 있어서는
사랑도 사랑이 아니니

아아 왜 몰랐던가,
당신이 와서야 비로소 만개할 수 있는 것,
주지 못해 고통스러운 그것이 바로
사랑이라는 것을.

나 혼자서는 피울 수 없는, 나 혼자서는 결코 꽃잎 하나 터뜨릴 수 없는 꽃이 있으니 그것이 바로 사랑이야.

내 사랑은 나의 것이 아니야. 온전히 당신의 것이야. 당신이 가져가지 않으면 아무런 의미가 없지. 내 안에 있어 오히려 고통스러운 것. 줄 수 없어, 터뜨릴 수 없어 안타까운 이 마음을 당신은 아시는지?

당신, 이 봄이 다하기 전에 어서 내 사랑을 가져가시길.

나무와 잎새

떨어지는 잎새에게
손 한 번 흔들어 주지 않았다.

나무는 아는 게다.
새로운 삶과 악수하자면
미련 없이 떨궈내야 하는 것도 있다는 것을.

이 세상에 영원이라는 것은 아마도 없을 듯싶어.

한쪽에서는 서둘러 생겨나고, 다른 쪽에서는 바쁘게 사라지거든. 저기 흘러가고 있는 강물도 어제의 강물이 아니야. 그렇듯 이 세상의 모든 만물들은 끊임없이 변하고 있어. 그런데 우리는 어때? 혹시 가만히 멈춰 서서 흐르는 세월만 탓하고 있는 건 아닌지? 이 순간만 고집하다 변화에 순응하지 못하는 건 아닌지?

새로운 환경에 적응하려면 그만큼 별도의 노력이 필요하게 되지. 그래서 사람들은 지금껏 지내 온 자리에 그대로 머물러 있기를 바라는지도 몰라. 하지만 아무런 변화 없이 대체 무엇이 이루어질 수 있을까.

변화는 성장을 위한 발돋움이야. 두려워하거나 상심할 필요가 없어. 장작이 변하지 않는다면 어떻게 더운물을 구할 수 있겠으며, 쌀이 변하지 않는다면 어떻게 밥이 되겠는가. 물은 고여 있으면 썩기 마련이야. 더 넓은 세상으로 주저 없이 흘러가는 시냇물처럼 변화를 두려워해선 안 되겠지.

날아가는 새는 곧 우리의 시야에서 사라져. 그런데 언제까지 그 새만 바라보고 있을 거야?

그대 굳이 사랑하지 않아도 좋다

그대 굳이 아는 척하지 않아도 좋다.
찬비에 젖어도 새잎은 돋고
구름에 가려도 별은 뜨나니
그대 굳이 손 내밀지 않아도 좋다.
말 한 번 건네지도 못하면서
마른 낙엽처럼 잘도 타오른 나는
혼자 뜨겁게 사랑하다
나 스스로 사랑이 되면 그뿐
그대 굳이 나를 사랑하지 않아도 좋다.

그런 때가 있었어.

그대가 굳이 나를 사랑하지 않아도 내가 그대를 사랑하는 것만으로도 행복해하던 때가. 그대가 내게 손을 내밀든 말든 그저 내가 그대를 사랑하는 것만으로도 충분히 가슴 따뜻했던 때가.

처음 사랑, 사랑 중에서도 처음이었던 사랑.

처음이라는 건 참 느낌이 좋아. 그것이 사랑이라면 더욱더.

그러나 내가 마음에 두고 있던 그 애는 이미 다른 사람을 좋아하고 있었어. 때문에 한 발짝도 다가갈 수 없이 먼발치에서 그 애를 바라볼 수밖에 없었던 나로서야 오죽 심정이 쓰라렸을 것인가.

내가 세상에 태어나 이성을 처음 사랑한 그 시절.

지금 생각해 보니 참 풋내 나는 시절이었지만 그때만큼 순수하고 진실했던 때는 다시 없을 듯해. 아프고 괴로웠던 한 시기였지만 그로 인해 내 삶이 더욱 성숙해지고 풍성해졌다는 것은 부인할 수 없어.

사람 하나를 사귀더라도 저 사람이 내게 도움이 될까 안 될까, 그것부터 따지는 요즘과는 달리 계산과 이해득실 없이 누군가를 사랑할 수 있었던 그 순수함…….

세월이 많이 흘렀어.

다시 돌이켜 봐도 그 아팠던 추억들로 인해 내 삶이 많이 따스해졌다는 것을 느껴. 비록 슬픔이 대부분을 차지한다 해도 사랑이 있었기에 내 삶은 넉넉할 수 있지 않았던가. 이룰 수는 없었지만 그 애를 사랑할 수 있었고, 또 그로 인해 가슴 아파할 수 있는 시절이 있었다는 것은 어쩌면 내 인생의 가장 큰 축복이었는지도 모를 일이야.

이 아침

커피 물을 끓이는 시간만이라도
당신에게 놓여 있고 싶었습니다만
어김없이 난 또 수화기를 들고 말았습니다.
사랑에 대해 많은 생각을 한 요 며칠,
그대가 왜 그렇게 떠나갔는지
왜 아무 말도 없이 떠나갔는지
그 이유가 몹시 궁금했습니다.
어쩌면 내가 당신을 너무 사랑한 것이 아닐까요?
잠시라도 가만히 못 있고 수화기를 드는,
커피 물을 끓이는 순간에도 당신을 생각하는
내 그런 열중이 당신을 너무 버겁게 한 건 아닐까요?
너무 물을 많이 줘서 외려 말라 죽게 한
저 베란다의 화초처럼.
여전히 수화기 저편에서는 아무런 대답이 없고,
늘 그런 것처럼 용건만 남기라는 낯모를 음성에

나는 아무 할 말도 못하고 머뭇거립니다.
그런 순간에 커피 물은 다 끓어 넘치고
어느덧 새카맣게 타들어 가는 주전자를 보며,
어쩌면 내 그런 집착이 내 마음을 태우고
또 당신마저 타 버리게 했는지도
모르겠다는 생각을 했습니다.
물은 새로 끓이면 되지만
내 가슴을 끓게 만들 사람은
당신 말고는 다시없을 거란 생각에
당신이 또 보고 싶어졌습니다.
내 입에 쓰게 고여 오는 당신,
나랑 커피 한잔 안 하실래요?

아침에 커피 물을 끓이면서 문득 그런 생각이 들었어.

함께 커피를 마실 수 있다는 것. 그 사소한 것이 얼마나 큰 행복인가를. 그러면서 나는 또 그런 의문이 들었어. 내가 그대를 너무 사랑한 것이 외려 그대를 버겁게 하지 않았을까, 하는.

그럴 수 있었을 것이다. 그대를 향한 내 집착과 열중. 어쩌면 그것이 그대를 더 내게서 멀게 하지 않았을까? 그걸 알면서도 잘 안 돼. 그대에게 자꾸 마음이 쓰이는 걸 어떡해? 사랑에 빠지면 왜 그 사람 외에는 아무것도 보이지 않게 되는 걸까?

혼자 마시는 커피가 참 쓰다.

비 오는 간이역에서 밤 열차를 탔다·4

열차는 도착하지 않았지만
나는 이미 떠나고 있었다.
역사의 낡은 목조 계단을 내려가며
그 삐걱거리는 소리를 들으며
나는 내 생애가 그렇게 삐걱대는 소리를 들었다.
취하는 것도 괜찮겠다 싶어 마신 술이
잠시 내 발걸음을 비틀거리게 했지만
나는 부러 꼿꼿한 발걸음으로 역사를 나섰다.
철로 변 플랫폼엔 비가 내리는데
구멍 숭숭 뚫린 천막 지붕 사이로 비가 내리는데
나보다 더 취한 눈으로 열차를 기다리는 사람도 있었고
낡은 의자 위 보따리 가슴에 품은 채 잠에 떨어진
아낙네도 있었다. 밤 화장 짙은 소녀의 한숨 같은
담배 연기도 보였지만 나는 애써 외면했다.
외면할 수밖에, 밤 열차를 타는 사람들 저마다
사연이 없는 사람이 어디 있다고. 이제 곧
열차가 들어오면, 나는 나대로 또 저들은 저들대로
그렇게 좀 더 먼 곳으로 흘러가게 되리라.

그렇게 흘러 흘러 우리가 닿는 곳은 어디일까.
나는 지금 내 삶의 간이역 어디쯤 서 있는 것일까.
어느덧 열차는 어둠에 미끄러지듯 플랫폼으로 들어서고
열차에 올라타며 나는 잠시 두리번거렸다,
철저히 혼자였지만 혼자인 척하지 않기 위해.
배웅 나올 사람도 없었지만 배웅 나올 사람이
좀 늦나 보다, 하며. 아주 잠깐 그대를 떠올렸지만
나는 고개를 흔들었다. 그대 내 맘속에
남아 있는 것만으로도 충분하다며, 그것만으로도
충분히 행복할 수 있다며, 기다릴 누구도 없는
비 오는 간이역에서 나는 밤 열차를 탔다.
이제는 정말 외로움과 동행이다.
열차는 아직 떠나지 않았지만
나는 벌써 떠나고 없었다.

삶이 그러하듯 사람은 바람처럼 떠돌기 마련이다.

그러다가 삶에 부대낀다 싶으면, 외로움과 쓸쓸함이 엄습한다 싶으면 우리는 떠나온 곳을 뒤돌아보며 아득한 회한에 빠지기도 한다.

삶이 고달프고 힘겨울 때면 가자, 밤 기차를 타고 왔던 길 되돌아 내 삶의 본향으로.

네가 좋아하는 영화의 주인공이 되고 싶었다

아는가, 네가 있었기에
평범한 모든 것이 빛나 보였다.

네가 좋아하는 영화의 주인공이 되고 싶었다.
네가 웃을 때 난 너의 미소가 되고 싶었으며
네가 슬플 때 난 너의 눈물이 되고 싶었다.

네가 즐겨 읽는 책의 밑줄이 되고 싶었으며
네가 자주 가는 공원의 나무 의자가 되고 싶었다.
네가 보는 모든 시선 속에 난 서 있고 싶었으며
네가 간혹 들르는 카페의 찻잔이 되고 싶었다.
때로 네 가슴 적시는 피아노 소리도 되고 싶었다.

아는가, 떠난 지 오래지만
너의 여운이 아직 내 가슴에 남아 있는 것처럼
나도 너의 가슴 한 귀퉁이를 차지하고 싶었다.
사랑하리라 사랑하리라며
네 가슴에 저무는
한 줄기 황혼이고 싶었다.

사랑에 빠진 사람들은 이상한 구석이 있어.

이별을 예감하면서도 그에게 자신의 모든 것을 터뜨려.

이별이 눈앞에 있는데도 오히려 더 매진한다면 그런 일을 도대체 어떻게 해석해야 할까. 하기야 세상의 논리에 찌든 얄팍한 정신으로 어떻게 사랑을 하겠어. 이해득실부터 따진다면 그건 사랑이 아니라 계산이겠지.

서로 사랑하면서도 끝내 헤어질 수밖에 없는 상황.

그 안타까움 속에서도 서로를 위해 최선을 다하는 연인들의 모습은 참으로 아름다워. 마치 자신은 지면서도 서쪽 하늘을 아름답게 물들이는 저녁놀처럼.

사랑으로 인해 가슴 아파 본 사람들은 알아.

사랑은 결국 나 자신의 존재마저도 그대에게 주는 것임을. 한 방울의 물이 시냇물에 자신의 몸을 내어 주듯, 또 그 시냇물이 강물과 바다에 자신을 내어 주듯 사랑이란 자신의 모든 것을 그대에게 주는 것임을.

그립다는 것은

그립다는 것은
아직도 네가
내 안에 남아 있다는 뜻이다.

그립다는 것은
지금은 너를 볼 수 없다는 뜻이다.
볼 수는 없지만
보이지 않는 내 안 어느 곳에
네가 남아 있다는 뜻이다.

그립다는 것은 그래서
내 안에 있는 너를
샅샅이 찾아내겠다는 뜻이다.
그립다는 것은 그래서
가슴을 후벼 파는 일이다.
가슴을 도려내는 일이다.

누군가를 지독히 그리워해 본 적이 있는가?

누군가를 지독히 그리워하다가 어느 한순간 가슴이 꽉 막혀 그 자리에 털썩 주저앉고 만 기억이 있는가?

어떤 날은 살아 있다는 것 자체가 짐스러울 때가 있다.

그리움은 나의 유일한 희망이지만 그 희망이 이루어지긴 어렵다는 것을 모르지 않기에. 내가 살아가는 이유, 내가 살아갈 수 있게 하는 희망. 하지만 너는 늘 너무 멀리 있다.

그리움이란 것은 멀리 있는 너를 찾는 일이 아니다.

내 안에 남아 있는 너를 찾는 일이다. 너를, 너와의 추억을 돌이키고 돌이켜서 아무리 사소한 일이라도 샅샅이 끄집어내는 일이다. 그러자니 내 가슴은 얼마나 많은 난도질을 당할까.

창가에서

비 갠 오후,
햇살이 참 맑았는데

갑자기 눈물이 났습니다.
세상이 왜 그처럼 낯설게만 보이는지

그대는 어째서
순식간에 왔다 갑니까.

아침부터 소슬히 비가 내렸어.

내리는 비는 반갑지만 내 마음 한편으로는 왠지 모를 쓸쓸함이 고여 들었어. 지금은 비가 그쳤어. 창가에서 본 세상은 맑고 환했는데, 내 마음은 그렇게 밝아지지 않아.

같은 꿈을 되풀이해서 꿀 수 없는 것처럼 내 사랑도 되풀이해서 할 수 없다는 것을 알았을 땐 넌 이미 멀리 떠나고 난 뒤였지.

섬

사람과 사람 사이에 돈이 있다.

돈이라는 바다는 풍랑이 심하다.

그래서 사람들은 저마다의 섬에 갇혀 산다.

가끔은 거기에 빠져 허우적거리기도 한다.

돈으로 행복을 살 수 있다고 생각한 사람이 있었어.

그러나 그는 곧 환멸을 느껴야 했어. 그가 돈으로 산 것은 행복이 아니라 한때의 쾌락이었기 때문이지.

돈이 소중하지 않다면 거짓말이야.

하지만 동전 한 닢 얻기 위해 버리는 것들이 많다면 문제는 달라져. 친구, 이웃, 건강, 양심 이런 아름다운 단어들이 돈 때문에 그 색깔이 바래어질 수 있으니 조심해야겠지. 돈은, 화폐의 단위보다 그 돈이 어떻게 쓰이느냐에 따라 값어치가 결정된다고 봐.

시인 릴케는 그날도 늘 가는 공원에 들렀어. 천천히 거닐며 산책하던 릴케에게 삶에 찌든 한 할머니가 다가와 적선을 부탁했어. 마침 동전 한 푼 없던 릴케는 들고 있던 장미꽃 한 송이를 건넸고, 그러자 할머니는 릴케의 얼굴을 쳐다보며 눈물을 글썽였어.

"정말 고마워요, 여태 돈 한두 푼 쥐여준 사람은 많았지만 이처럼 귀한 사랑을 베풀어 준 사람은 없었소."

조용히 손을 내밀었을 때

내가 외로울 때
누가 나에게 손을 내민 것처럼
나 또한 나의 손을 내밀어
누군가의 손을 잡고 싶다.
그 작은 일에서부터
우리의 가슴이 데워진다는 것을
새삼 느껴 보고 싶다.

그대여 이제 그만 마음 아파하렴.

내 앞에 사람이 있다.

그러나 나는 그 사람을 보고 있지 않다.

두 눈은 멀쩡히 뜨고 있지만 무언가를 제대로 본 적이 없다. 아침에 해가 뜨고 저녁에 해가 지기까지 내 시선에 담겼던 것들. 그중에 무엇 하나 기억해 낼 수 없는 것은 그냥 건성으로 보고 건성으로 지나쳤기 때문이다.

우리는 그렇게 앞만 보며 걷는다.

바람이 부는지 꽃이 피는지 주변에 대한 관심도 도통 없다. 그렇게 해서 어디를 가려는지, 또 무엇 때문에 가고 있는지 알지도 못한 채. 열심히 가는 게 나쁘다는 이야기는 아니다. 그러나 그것 때문에 잃어버리는 것이 많다면? 그 잃어버린 것이야말로 우리 인생에 있어 가장 소중한 것이라면?

전철이나 버스, 혹은 엘리베이터 안에서 다른 사람들의 시선과 마주치면 우리는 얼른 고개를 돌려 피해 버리고 만다. 상대방에게 괜한 오해를 사고 싶지 않은 까닭이다. 어떤 때는 정말 숨이 막힐 것 같다. 남의 일에 관심을 두면 오히려 이상한 오해를 사기 십상인 세상이. 그래서 너나 없이 가슴을 꽉 닫아 두고 있는 세상이.

창문을 닫으면 햇볕이 들지 않는 것은 당연한 이치다. 이젠 좀 마음의 창문을 열고 서로에게 가벼운 눈인사라도 나눴으면. 헤아릴 수 없이 많은 모래알이 모여 백사장을 이룬다. 그들은 따로따로 흩어지지 않고 함께 모여 있기에 아름다운 것이다. 그렇게 어울려 살아가야 진정한 삶이라 할 수 있으리. 모래알이 많을수록 더 넓고 아름다운 백사장이 되는 것처럼.

다만 내 손을 조금 뻗는 것만으로도 환하게 웃을 수 있는 사람. 그것만으로도 충분히 행복해할 사람이 바로 내 앞에 있다. 바쁘다고 그냥 지나치려는가?

유성

더 이상 기다릴 수 없었던 어떤 별은
마지막으로 선택하지 않을 수 없었다.
제 몸을 다 불태워서라도
누군가에게 건너가는.

그 별을 보면 숙연해지지 않을 수 없다.
한순간, 누군가에게 당도하기 위해
자기의 모든 것을 소멸했던 별.
그래, 나는 언제 내 모든 것을 바쳐
너에게 당도하려 했던 적 있던가.
밤하늘의 유성, 그 장엄한 최후를 보면
내 자리는 끝내 지키려고 했던 내가
못내 부끄러웠다. 내 것은
티끌 하나라도 버리지 않으려고 했던
내가 몹시 부끄러웠다.

돌이켜 보니, 사랑에는 기다리는 일이 9할을 넘었다.

어쩌다 한 번 마주칠 그 순간을 위해 피를 말리는 기다림, 그 기다림 속에서 아아 내 사랑은, 내 젊음은 덧없이 저물었다.

하기야 기다리는 그 사람이 오기만 한다면 어떠한 고난도 감내할 일이지만 오지 않을 줄 뻔히 알면서도 마냥 기다리고만 있었던 우직스러움.

그래, 사랑은 그런 우직한 사람만 하는 거다. 셈에 빠르고 계산에 능한 사람은 사랑에 빠지지 않는다. 사랑에 빠진 척 얼굴만 찌푸리고 있지 잘 살펴보면 언제라도 달아날 궁리만 하고 있는 사람들이다.

그래, 사랑은 그런 우직한 사람만 하는 거다. 모든 걸 다 잃는다 해도 스스로 작정한 일, 소멸할 줄 뻔히 알면서도 마지막 순간까지 제 몸을 불태워 그대에게 건너가는 저 유성처럼.

다짐

나는 이제
한쪽 눈만 뜨고
한쪽 귀만 열고
한쪽 심장으로만
숨 쉴 것이네.

내 안에 있는
당신을 위해!

사랑하는 사람아

다른 한쪽은 모두
당신 것이야.

아마도 난 당신을 지극히 사랑하는 것 같습니다.

언제 어디서건, 내가 무엇을 하건 나보다 먼저 그대가 떠올려지거든요. 이건 그대가 즐겨 듣는 음악인데, 이건 그대가 좋아하는 음식인데, 여긴 그대가 자주 가는 장소인데 등등…….

이렇듯 그대에게 매달리다 보니 자연히 내 주변의 것들에 대해선 시들해질 수밖에 없었습니다. **나의 것보다는 그대를 위한 것에 더 마음이 쓰이는 것, 사랑이 바로 그런 거겠죠?**

너는 물처럼 내게 밀려오라

초판 1쇄 발행일 · 2016년 2월 10일
초판 8쇄 발행일 · 2020년 1월 20일
개정판 2쇄 발행일 · 2022년 12월 20일

지은이 · 이정하
펴낸이 · 임성규
펴낸곳 · 문이당

등록 · 1988. 11. 5. 제 1-832호
주소 · 서울시 성북구 동소문로 65-2 삼송빌딩 5층
전화 · 928-8741~3(영) 927-4990~2(편)
팩스 · 925-5406

전자우편 munidang88@naver.com

ISBN 978-89-7456-539-8 03810

값은 뒤표지에 표시되어 있습니다.